U0113041

胡國瑞集

胡國瑞 著

上海文藝出版社

第一册

易中天
○八年七月

第一冊

胡國瑞 著

上海文藝出版社

#《胡國瑞集》序

先師當陽胡公諱國瑞字芝湘，辭世十年，而屆百歲冥誕。同門友易君中天感念師恩，既醵資立胡國瑞獎學金，復取先師之著作爲集付印，俾傳於後。

嗚呼，易君此舉其有深意乎？吾中華文化向尊道統而重師傳，昌黎所謂「道之所存，師之所存也」，雖愚夫愚婦亦知「一日爲師，終生爲父」之語，余童稚時猶及見鄉間祠堂高懸「師」位，與「天」「地」「國」「親」並祀。然曾幾何時而文革飆起，四兇横行，狂童以虐師爲榮，高文博學斃死于道路，中華傳統掃地以盡矣。所幸群醜不旋踵而滅，天日重昭。近二十餘年來，國力漸盛，倉廩充實，衣食豐裕，廣廈通衢，無日不增，寖寖乎近于强國矣。然求之社會文明與乎國民素養，則猶遠未逮也。蓋樹木易而樹人難也；有形之富易，無形之富難也。吾中華今日不圖强則已，圖强則必重教育，重樹人，不啻充倉廩、裕衣食、建廣廈、築通衢而已也。樹人則必尊師，尊師則必自感恩始。不知重師道、感師恩之民族，何能建設深厚燦爛之文化？無深厚燦爛之文化，又何能成爲名副其實之强國？此無待深論而自明也。易君之意，其在斯乎？

易君以編集事商諸同門，同門皆曰善，師母沈命余爲序。余不敏，不可爲先師集序，然又烏敢辭？乃略書所感如此，以告世之求學謀國者。至於先師之學，有文集在；先師之生平行事，則具見另文。貳零零柒年中秋受業唐翼明拜撰。

目录

目录

目録

品國學

目錄 三

魏晋南北朝文学史

魏晉南北朝文學史

《魏晉南北朝文學史》補記（代序）

朱東潤師在《〈魏晉南北朝文學史〉讀後感》（《社會科學戰綫》一九八二年第三期）中説我「没有寫序文也没有提出爲什麼要寫這本書的目的」，正好觸動了我寫這本小册子的隱衷，我就藉朱先生的寶貴啓示表白一下，作爲本書的補記。

解放以來出版的幾部文學史，對於魏、晉、南北朝時期的文學，正如朱先生所指出的「却被忽略了」、「成爲無足輕重的」、「視同弁髦的廢物」，心中覺得很不公平，尤其感到對祖國優秀的重要的文學遺産不應如此糟蹋，而古人已經過去，受損失的還是我們，因爲没有讓他們留下的珍寶對我們發揮出有益的作用。

通觀祖國整個的文學發展情況，魏、晉、南北朝時期，是一個處於重大變革的階段。這一時期，是文學本身自覺地在藝術道路上邁進的時期，文壇上呈現出嶄新的特異的面貌。如賦和駢文，在繼承前代的成就或濫觴的基礎上，加以發展創造，成爲卓越的典範，甚至可説是絶響；詩歌，更以其多方面的成就，爲後代建立巍峨大厦打下廣闊深厚的基礎；其他如文學理論批評及小説，都對後世起着重大的影響。作爲這一時期文學的主要方面的詩歌，更是處於古代詩歌發展的不可闕遺的關鍵性地位。我曾在《魏晉南北朝詩歌在我國詩歌發展史上的地位》（《武漢大學學報》哲學社會科學版一九七八年第五期）一文中詳加論述，認爲這時期詩人無論在創作精神、創作内容以及表現方法和手段，甚至對詩體的探索創造方面，都爲唐代詩歌的發展準備了優裕的條件，我並曾比方道，如果説唐代詩歌是珠穆朗瑪峯，魏、晉、南北朝詩歌應是青藏高原，没有青藏高原這個基礎，珠峯是無從矗立起的；而在這個詩國的高原上，還是奇峯林立，蔚爲壯觀的。可是對於這樣重要的文學發展時期，在一般人心目中，不僅是無足輕重，因爲没有像漢代的司馬遷或唐代的李白、杜甫那樣偉大的作家；而且認爲形式主義風氣籠罩文壇。這種態度，是長期存在的「左」的思潮支配下所形成。在黨的十一届三中全會撥亂反正後，學術界真正貫徹了黨的雙百方針，使我感到可以實事求是地來評價這一時期的文學成就了。這可以説是我寫這段文學史的總的目的。

我撰寫這段文學史時，曾考慮注意了下述幾個方面：

首先，我想通過對這段文學史的闡述，儘可能展示出這一時期文學發展的全貌，而不能無視於客觀存在的事實。如過去各文學史所忽略或未加重視的賦和駢文，被認爲最易散發出形式主義風氣的，我都用專章加以較充分的闡述。因爲這二者俱是這一時期文學領域的重要方面，抽掉了它們，便大大損傷了這時期文學的面貌，會使人感到這時期文學内容的貧乏。而在這兩種

文體方面，這時期作家爲我們留下了大量藝術精美的作品，騰耀着這一時期特有的炫爛光輝，如將其棄同沙礫，是非常可惜的。

其次是關於體例的考慮。過去通行的幾部文學史都是以時代爲主，在一個時代裏全面論述同時代每個作家各方面的文學成就，這是我們當初全面學習蘇聯而取法《俄國文學史》的産物，那實際上衹是作家作品按時代的排列，讀者衹能瞭解到各個時代各個作家的創作成就，很難獲得明確的史的發展綫索和規律。因此，我便一反過去通例，以文體爲主進行闡述，注意突出一種文體或作家的某體創作與其前代或後世的源流關係，以及同時代不同文體或作家彼此的影響，並於不同時代作家創作特點的表述中，注意作對照比較，使讀者也可從而瞭解某種文體在演變的不同階段中的特色。於是各種文體在發展中的縱横關係，經緯條理，迹象斑然，這是符合事物的辯證法的。這樣是否會如朱先生指出的，産生在時代和作家上面的互相重複矛盾呢？我以爲這是可以詳略互見的辦法來避免的，即對一位作家先在一種文體上全面論到他的生平及時代後，在另一種文體遇到時，除了結合具體作品點到須涉及的生平及歷史，不必要的即可略而不談，在這方面是可以不必多費時間和紙張的。

再次，我對每個作家，都要如實地充分地闡揚其獨具的藝術成就。每個作家，各有獨自的家庭出身、社會經歷、學問修養和藝術情趣，因此，他們各自的文學創作所呈現的藝術風貌，也是千姿百態，皆有可觀，我們就不能以一種或少數幾種標尺去衡量它們，必須客觀地給以恰當的藝術評價，闡發出其特殊的藝術成就。試觀從建安以至梁、陳，如許繁多的作家，真如人的面貌，即或有相類似，亦自卓然各有其獨異之處，令人感到作者藝術姿性之豐美，以及這一時期文學園地花實之鮮美豐富。這樣我們可於欣賞這些作品獲得多種藝術美的享受的同時，也可感到這一時期文學寶庫内容之殷實，更可從中吸取優秀的藝術成果作爲發展社會主義文藝的藉鑒。

作爲一部文學史，對於各個時期的文學現象及作家創作的評價是極關重要的問題，而且情況是相當複雜的，這就需要以歷史唯物的和辯證唯物的態度去對待處理。如晉、宋間的山水及齊、梁時的自然景物的描寫，把人們生活於其中的廣大自然界納入歌詠中，成爲表現内容的一個重要方面，這是在詩歌題材上的一個重大開創，對後代的影響至爲深遠，便應歷史地給予應有的重視。又如陶淵明，他的詩歌是他的平生生活實況及情緒的真實反映，讀他的詩，覺得他的生活情態如在眼前，親切可感。他寫下大量的田園詩，並於自然景物描寫中融入自己的主觀感情，都是後代詩歌流派的開端。而他的通過樸素明淨的語言所展示的清美詩風，在晉末詩壇呈現出一片特異

的清美光輝。這一切都是值得充分肯定的，所以我在章節的標題上旗幟鮮明地顯示出我的基本觀點。

至於評價某種文學現象或作家作品時，權衡上的輕重抑揚，必須儘可能掌握得適度，符合客觀實際。整個這一時期，文人們都在表現形式的各方面極力追求精美，以增強藝術效果。演變下去，末流所至，一般情形是形式愈精美而內容愈貧乏，這是常被人們訾議的客觀事實。但另一方面，由於文人們在這方面長期相繼的努力，使當時各種文體的形式發展得愈臻精美，並由於形式上各種因素的逐步完備而產生新變體詩，由此更進而孕育出唐代的律詩。而且在這長期對形式各方面的探索進程中，詩人們在表現的方法和手段上累積下來的經驗，對唐代詩人也起着非常豐富有益的藝術藉鑒作用。因此，對於這一時期作家們對於形式的追求，在某些具體作家作品上指出了其文勝質的弊象，而總的從歷史發展看來，又必須肯定這是文學本身在發展途程中的重大進步。又如梁朝君臣倡和中寫作的七言體樂府詩，儘管缺乏古樂府的社會意義，致內容無可取處，但他們暢開鮑照以後沉寂已久的七言體詩風，並將其推展到新的階段，對於七言古體在發展過程中的重要作用是不容忽視的。

對於作家，各自有其長短得失，不能一概而相量。如作爲西晉文壇巨擘的陸機，他的文學成就是多方面的。在詩歌方面，儘管鍾嶸稱他爲「太康之英」，置之上品，實是推崇過分。他的詩歌，遠不如「建安之傑」的曹植，也不及「元嘉之雄」的謝靈運，他在語言上的過分用工夫，特別明顯地預兆着文學發展的新趨向，這是值得注意的。他的賦唯《文賦》可稱傑作，總的成就遜於潘岳。最足顯示他的文學成就的還在駢文，在這方面，他表現得才氣橫溢。過去人們評他「深蕪」，正由於他的才學豐厚雄健之故。所以在駢文一章裏，陸機的位置是特爲顯著，我覺得這是符合陸機整個文學成就的客觀實際的。

對於一篇作品的評價也必須切合事實情理，如對於丘遲的《與陳伯之書》，史稱陳伯之得此書又率部衆返回梁朝。我認爲陳伯之自魏回梁，從他本身揣想，關係重大，丘遲一書，不可能有這般大的力量，當是陳在魏之處境有所不安，故因此機會決計回梁。丘遲此書，可能對陳的回梁決定起着促動作用。這篇書信，陳理抒情，俱能動人心弦，可稱情辭兼美之作，但對其意義和作用也不宜過分誇大。試觀古代不少有名書札，敍説事理，何嘗不警策動人，但不能獲得致書的希求效果，因爲其中實際的利害關係極重，並不是一紙書信所能轉移的。以上所説，衹不過表明我評價一切的態度，力圖切實公允，符合客觀事理，不以私情好惡而有所抑揚的。

上面這些，衹是我當時想法的粗略，我在撰寫過程中隨時的思想活動，回顧有些茫然，也難於

在這裏都提得出，掛得上。不過現在我總覺當時還是寫得匆忙了些，不免有許多疏誤之處，如謝朓的高祖父謝據應爲「謝安之兄」，我錯誤地寫爲「謝安的弟弟」，承蒙讀者來信指出，我曾回信對他表示感謝，並藉此機會作公開正誤。

（原載《社會科學戰綫》一九八三年第三期）

在這裏都提得出，描寫上。不過現在我總覺當時這書寫得匆忙了些，不免有許多疏漏之處，有識

謝的高祖父謝據應爲「謝安之兄」，我錯誤地寫爲「謝安之弟」，承蒙讀者來信指出，我曾回信

對他表示感謝，並藉此機會作公開正誤。

（原載《社會科學戰線》一九八五年第三期）

《魏晉南北朝文學史》補記（代序）

第一章　表率詩風的建安詩壇

第一節　建安詩歌的社會基礎及其盛況

一　建安詩歌的社會基礎

建安時期是我國中古時期文學史上一個光輝燦爛的時期。建安是東漢王朝最後一個皇帝獻帝劉協的年號（一九六—二二〇）。這時東漢王朝政權已掌握在曹操手中而名存實亡了，整個中國隨着東漢王朝統治力量的消亡，而產生了一次軍閥爭奪割據的大混戰，終於形成魏蜀吴三國鼎立的分裂局勢。所以，這一時期，是我國歷史上漢族建立的帝國一度由統一强盛而開始趨向分裂衰落的時期，但在文學史上却放射出一片絢美的異采，而這異采乃是從當時現實的土壤中熾昇起來，與當時社會生活的各方面息息相關的。

從二世紀末三世紀初起，東漢王朝的外戚和宦官迭互掌握政權，他們之間不斷進行尖鋭的生死鬥爭，同時都對人民進行殘酷的壓榨掠奪，終於激起靈帝劉宏中平元年（一八四）的黄巾大起義，隨而產生獻帝初平元年（一九〇）的董卓之亂和以後的軍閥大混戰。經過這些大的戰亂，中原形成「舊土人民，死喪略盡，國中終日行，不見所識」（曹操：《軍譙令》）及「千里無鷄鳴，生民百遺一」（曹操：《蒿里行》）的慘象。當時人民的死亡和生產的破壞，到了如此嚴重的地步！這種殘破不堪的現實社會慘景和生活於其中的慘痛經歷，却爲當時詩人提供了極爲真實生動的創作題材，並激起其不能不形之詠嘆的創作情緒。

由於巨大的社會動盪促使舊的封建秩序破壞，人們的意識也發生巨大的變革。原來由封建統治者極力提倡，而從其中形成人的道德行爲規範的儒術，及以其精神爲原則的用人制度，都在這非常的社會變亂中失去對人們的支配力量，人們的思想意識乃從儒家的統治中獲得解放，曹操的本之刑名精神而采取的「用人唯才」的方針，正標誌着當時這種社會要求。曹操在其《求賢令》中説：「若必廉士而後可用，則齊桓其何以霸世？今天下得無有被褐懷玉而釣於渭濱者乎？又得無有盗嫂受金而未遇無知者乎？二三子其佐我明揚仄陋，唯才是舉，吾得而用之。」又在《敕有司取士毋廢偏短令》中説：「夫有行之士，未必能進取，進取之士，未必能有行也。陳平豈篤行？蘇秦豈守信耶？而陳平定漢業，蘇秦濟弱燕。」而在《舉賢勿拘品行令》中，連「不仁不孝而有治國用兵之術」的也極力搜求。曹操在用人制度上的這一重大變革，確給漢代儒術的傳統以致命的打擊，因爲漢代統治者之提倡儒術正是以利禄作爲引誘手段的。由曹操在用人制度上的這一重大變革，可以看出當時思想解放所達到的程度。這次思想的解放，對當時文學的發展影響極爲巨大，使文人的創作思想的境界從儒家經典的束縛中解放出來，不必再如劉勰所説的那樣「華實

所附，斟酌經辭」（《文心雕龍・時序篇》）了。於是它在内容上既不須依據經義而可自由抒情，它的不朽價值也由自身來決定而不必附驥尾於六經，這在當時文人的創作尤其是文學批評中已有明白的反映。如曹丕在《典論・論文》中即大膽提出：「蓋文章經國之大業，不朽之盛事，……是以古之作者，寄身於翰墨，見意於篇籍，不假良史之辭，不託飛馳之勢，而聲名自傳於後。」這種對於文學價值的新的認識，當然極有助於文學的蓬勃發展，並使文學獲得豐富生動的内容。而當時詩人之開始勇於大量學習樂府民歌，並運用樂府古題來進行創作，也正由於這種解放的思想力量在支配着他們。

這時，由於曹操以其過人的軍事和政治才能統一了中國北方，使北方生産逐漸恢復，人民生活獲得安定，於是散在四方的文人也逐漸回到中原。更由於曹氏父子對文學的愛好和提倡，便形成以曹氏父子爲中心的文學集團，及盛極一時的鄴下文風。因此，我們論到建安時期文學發展的因素，對於曹氏父子尤其是曹操的政治和人事上的作用是不能不適當估計到的。當然，這時期詩人創作所以取得巨大成就，主要的還在於當時社會生活給予他們深刻的教育和豐富的題材。

二 建安詩歌的盛況

建安時代在我國詩歌發展史上是一個光輝的起點。這時新形成的五言體，開始在文人的詩歌創作中被普遍運用並盛極一時，從此，五言體詩開始了它的前進發展的歷程。這時詩人們學習和繼承了前代民歌的創作精神，在當時現實形成的各種條件下，運用各自的藝術才能進行創作，使他們的詩歌閃耀出强烈的現實主義光輝，成爲後代文人詩風的良好表率。

這時文壇上一個嶄新的面貌，就是五言詩風暢開，五言詩代替了兩漢以來盛行的辭賦，居於主要的地位。漢代樂府民歌的句式本來是長短不齊的，但也有逐漸向五言整齊化的趨勢，這正如周代民歌由長短不齊而形成整齊的四言一樣。東漢初期，在民歌影響下發展起來的文人詩歌，即開始有了完整的五言篇章，但這種新的詩歌形式，在文人中還未受到重視，所以作者很少。到了東漢末期，出現了許多在藝術上很成熟的文人創作的五言詩，可是大多數没有作者的姓名，可見當時在文人心目中，五言詩是不能登大雅之堂的。那些無名氏的五言詩，雖然在藝術上很成熟，但多是在黑暗重壓下消極生活情緒的流露，缺乏積極精神。到了建安時代，由於各種條件的匯集，大羣知名詩人筆下産生的五言詩，才放射出强烈新異的藝術光彩，五言詩這時才成爲文人普遍運用的詩體，在此後的文學領域内，逐漸發展爲一股巨流。劉勰的《文心雕龍・明詩篇》曾形容這時五言詩的盛況：「暨建安之初，五言騰踴。文帝陳思，縱轡以騁節；王徐應劉，望路而爭驅。」當時曹丕就曾描述同時期作者在創作上競爭的情狀：「咸以自騁驥騄於千里，仰齊足而並

馳。」(《典論·論文》)曹植也説他們：「人人自謂握靈蛇之珠，家家自謂抱荆山之玉。」(《與楊德祖書》)而曹丕在《與吴質書》中追述他們的文娱生活説：「每至觴酌流行，絲竹並奏，酒酣耳熱，仰而賦詩。」這些都可想到他們在創作上的努力，及創作活動的頻繁，都是有利於當時詩壇的繁榮的。這時的作者，真可謂「俊才雲蒸」(《文心雕龍·時序篇》)。除了曹操、曹丕、曹植父子外，重要的作家有所謂「建安七子」的孔融、王粲、劉楨、徐幹、陳琳、阮瑀、應瑒等，另外還有繁(音婆)欽、應璩、邯鄲淳、吴質、杜摯、左延年、繆襲等，確是盛極一時的了。這時的詩人，尤其是曹氏父子和「建安七子」，他們多曾經過一番巨大的社會變亂，接觸到遭受嚴重破壞的社會實景，而當時社會思想的解放，也使文人的個性得以自由舒展，因而這時的詩歌表現出一個顯著的特徵，就是「慷慨任氣」。劉勰的《文心雕龍·時序篇》曾明確地指出這點，説：「觀其時文，雅好慷慨，良由世積亂離，風衰俗怨，並誌深而筆長，故梗概而多氣也。」而其《明詩篇》也説：「慷慨以任氣，磊落以使才。造懷指事，不求纖密之巧；驅辭逐貌，唯取昭晰之能。」這裏所謂「造懷指事，不求纖密之巧；驅辭逐貌，唯取昭晰之能」，乃是直抒對於現實的激情，而以準確、樸素、明朗的言辭表達出來，使内容和形式有諧美的統一性，這也就是後世所稱道的「建安風骨」的實質。我們閲讀這一時期的許多優秀作品，它們都充沛着詩人由現實生活所激起的熾烈感情，他們悲憫民生疾苦，亟思騁其才力以改變現實，而這種感情在他們的樸素而形象生動的語言中表現得極爲明朗，因此産生出强烈的感染力，這正是《詩經》以來現實主義詩歌的優良傳統的充分體現。後來唐代詩人陳子昂向往「漢魏風骨」，李白稱道「建安骨」，杜甫所謂「漢魏近風騷」，都是對這一時期詩歌創作精神的衷心推崇。

這時詩人所以取得巨大的藝術成就，是與他們學習民歌分不開的。從兩漢流傳下來的樂府民歌，原是具有豐富的社會性和現實性的，這種可寶貴的樂府民歌的精神，對於生活在亂離中的文人自然會有啓發作用。而且在擾攘不安的生活環境中，詩歌是最適於採用的文學體裁，因此，這時的詩人，都廣泛地運用樂府古題，並吸取其現實主義精神，以詩歌抒寫其對於現實生活的親切感受。他們的這類創作與樂府民歌不同之點，乃是樂府民歌具有較多的客觀性質，而他們的詩歌創作則具有較重的主觀抒情性質。儘管他們都是文人，他們的詩歌語言比之樂府民歌大爲精雅，但其中仍具有很大程度的樂府民歌的樸質成分。黄侃曾在《詩品講疏》中論建安五言詩時説：「文采繽紛，而不離閭里歌謡之質。故其稱物則不尚雕鏤，敍胸情則唯求誠懇，而又緣以雅詞，振其美響，斯所以兼籠前美，作範後來者也。」這一段話很正確地指出了建安文人詩歌在語言上吸取民歌的樸質成分所形成的藝術特色。

這一時期的民歌，由於統治者未注意收集，流傳下來的很少，但却出現了一首長篇敘事抒情詩《古詩爲焦仲卿妻作》，它以其高度的思想性和完美的藝術性，標誌着兩漢民歌的最高成就。另外還有一首具有濃厚的民歌氣質的蔡琰的《悲憤詩》，它以長篇敘事的方式，詳盡地寫出了巨大的社會變亂，及在其中的一個婦女的悲慘遭遇，充分展示了五言詩的藝術表達功能。這兩篇作品同樣表現出强烈的現實主義精神，與文人們的創作相互輝映着這一時期的詩壇。

第二節　曹操與曹丕

一　曹操

曹操（一五五—二二〇），字孟德，沛國譙（今安徽省亳縣）人。他的祖父曹騰是中常侍（宦官），父親曹嵩是曹騰的養子，官位做到漢朝太尉。他雖出身於大官僚家庭，但因先代不清白，所以爲社會上高門所鄙視，因而不得不力求在功業上有所建樹以自表白，如他在《自明本誌令》中所説的：「欲爲一郡守，好作政教，以建立名譽，使世士明知之。」爲了維護地主階級的利益，他曾參加對黄巾起義的鎮壓。他後來以其卓越的軍事和政治才能，在與各地軍閥鬥爭中逐步勝利，終於統一了中國北方，在維護漢王朝的名義下建立了曹魏政權。他在鬥爭過程中，爲了鞏固和擴大自己的政治力量，不得不針對當時社會現實的要求，採取一些較進步的措施，如屯田、抑制豪强兼併以及破格用人等，這一切對於安定社會和恢復生産是曾起一定的積極作用的。正由於這種現實性的思想基礎，他的詩歌才能真實地反映出當時社會的殘破景象和人民疾苦，並表達出他的「不戚年往，憂世不治」（《秋胡行》）的積極奮發情調。他之勇於學習樂府民歌，並用樂府古題抒寫自己的現實感情，也是從這種思想基礎出發的。

現在我們看到的曹操的詩歌全是古題樂府。他的樂府詩的最重要成就，乃是承繼了漢樂府民歌的現實主義精神。他雖是用樂府古題進行創作，而其内容則是對於當時現實社會生活的描寫及其激情的抒發。我們試看其《蒿里行》：

> 關東有義士，興兵討羣兇，初期會盟津，乃心在咸陽。軍合力不齊，躊躇而雁行。勢利使人爭，嗣還自相戕。淮南弟稱號，刻璽於北方。鎧甲生蟣虱，萬姓以死亡，白骨露於野，千里無鷄鳴。生民百遺一，念之斷人腸。

這個原是輓歌的樂府古題，他却利用其原來具有的悲哀情調，來敘寫令人感到傷慘的時事。作者在詩中嚴厲地指出袁氏兄弟對當時社會應負的罪責，由於他們的自私自利，使討董卓的軍事變爲自夥的混戰。詩的末端極形象概括地描繪出那些混戰所造成的社會慘象，表現出作者强烈的正義感。據史書記載，以袁紹爲盟主的地方聯軍討董卓時，在非常有利的形勢下，大家都觀望不前，

曹操獨自奮勇地帶着部隊去追擊董卓，在汴水一戰蒙受了重大的傷亡。由此可以證明，他在這裏所表達的悲憤情緒是很真誠的。而那一時期混亂的產生、發展及其後果，都被按照生活本身發展的邏輯集中地反映在這短小的篇幅內，也顯示了作者從生活概括以至語言運用的藝術能力的高强。

與《蒿里行》內容相連的《薤露》，可說是《蒿里行》的姊妹篇。詩人在其中沉痛地追訴了由於朝廷執政者的無能，乃釀成董卓的暴亂，使國家和人民遭受毁滅性的災難，極概括真實地反映了當時重大的歷史事實。

在曹操的五言詩中，還有《苦寒行》和《却東西門行》，是兩首以軍事生活爲題材的好詩。《苦寒行》是描寫他北征高乾時的行軍生活。其中如「羊腸坂詰屈，車輪爲之摧。樹木何蕭瑟，北風聲正悲。熊羆對我蹲，虎豹夾路啼。溪谷少人民，雪落何霏霏」，給人以非常艱險荒苦的軍旅生活實感。更看《却東西門行》：

鴻雁出塞北，乃在無人鄉，舉翅萬餘里，行止自成行，冬節食南稻，春日復北翔。田中有轉蓬，隨風遠飄颻，長與故根絶，萬歲不相當。奈何此征夫，安得去四方！戎馬不解鞍，鎧甲不離傍，冉冉老將至，何時反故鄉？神龍藏深泉，猛虎步高崗，狐死歸首丘，故鄉安可忘！

這首詩是寫戰士在長期行役中思念家鄉之情，而這種感情乃是用比興的手法，以自然界的事物，反、正比喻地表達出來，特別顯得痛切，同時也具有非常濃厚的民歌情味。這首詩出於當時一個軍事首領的筆下，是非常可貴的，它也體現了作者的人道主義精神，與它的「靖難」的事業雄心是相矛盾而又統一的。

自從漢初以來，隨着社會的發展，四言詩因句式短促，難以運用來生動地表現生活，所以很少有成功的作品，而曹操以其充沛的感情、樸質的語言及雄健的氣勢，寫出了一些新鮮而富於感人力量的作品。如《短歌行》：

對酒當歌，人生幾何！譬如朝露，去日苦多。慨當以慷，憂思難忘，何以解憂？唯有杜康。青青子衿，悠悠我心，但爲君故，沈吟至今。呦呦鹿鳴，食野之蘋，我有嘉賓，鼓瑟吹笙。明明如月，何時可掇？憂從中來，不可斷絶。越陌度阡，枉用相存，契闊談宴，心念舊恩。月明星稀，烏鵲南飛，繞樹三匝，何枝可依？山不厭高，海不厭深，周公吐哺，天下歸心。

這首詩表達了他對於一個心中急欲爭取以爲己用的人那種可望而不可即的苦悶心情。詩的開始之感到人生短促，欲藉酒來消解的憂愁，乃是從那種苦悶的心情中翻出的。儘管如此，但他

仍不能忘懷，乃把這種心情曲折吞吐地抒寫出來，表現得那麼懇摯纏綿，一往情深。其中有許多《詩經》的成句，如「青青子衿」二句及「呦呦鹿鳴」四句，在他的充沛的感情及磅礴的氣勢的運用下，在整個詩篇裏達到融合無間，使人感不到一點補綴的痕跡。有人認爲這首詩乃爲懷念劉備而作，也有人認爲係因荀彧而作，因曹操想爭取荀彧讚助他取而代之漢政權而又難於明言。細玩詩意及有關的歷史記載，後説當較爲可信。「青青子衿」四句即影射所要爭取的人物。「呦呦鹿鳴」表示自己對於對方的愛賞及欲與之共享一切的心願。「明明如月」四句表達對於要爭取的人物的可望而不可即的苦悶心情。「越陌度阡」四句表示自己要去訪問對方，披懷暢敍。「月明星稀」四句以烏鵲之無可依止，形象地比喻自己猶疑不定的心情。最後四句提出解決的辦法，衹有求其在己，虛懷待人，爭取人心的歸向。整篇運用比興的手法，以各種事物形象，比喻地表達自己複雜曲折的心情，吞吐隱約，非常耐人尋味。

曹操的《步出夏門行》四首，其中第一首《觀滄海》和第四首《龜雖壽》特別值得注意：

> 東臨碣石，以觀滄海。水何澹澹，山島竦峙，樹木叢生，百草豐茂。秋風蕭瑟，洪波湧起；日月之行，若出其中；星漢燦爛，若出其里。幸甚至哉，歌以詠志。（《觀滄海》）

> 神龜雖壽，猶有竟時。螣蛇乘霧，終爲土灰。老驥伏櫪，志在千里。烈士暮年，壯心不已。盈縮之期，不但在天。養怡之福，可得永年。幸甚至哉，歌以詠志。（《龜雖壽》）

後一首大致言人生儘管終有盡時，但不應全聽自然的支配，還可以人事的努力，盡可能獲得年壽的延長，表現了對人生的積極態度，尤其是其中「老驥伏櫪」四句，顯示了志士不甘衰老的奮發氣概，常爲後代無數英雄志士所擊節歌詠不置的。前一首是在魏晉南北朝時期最早見到的描寫大自然的作品，它是作者平定河北後，爲了消滅袁氏殘餘勢力而北征柳城，途經碣石時所作。詩中描寫作者觀望滄海的感受，從對於無邊壯闊的自然景象的描繪中，抒發了作者囊括四海的豪邁氣概。而「日月之行」四句，以觀海時所産生的玄想，盡致地形容出水天空闊浩淼無邊的景象，是對大海的極妙形容。像這種通篇着重客觀地描寫自然景象的詩，在鮑照、謝靈運以前是很難見到的。

總結曹操在詩歌上的成就：首先他能衝破傳統的文人偏見的束縛，接受了漢樂府民歌的影響，運用樂府古題抒寫現實的生活和感情，繼承和發揚了漢樂府民歌的現實主義精神，開文人擬古樂府而進行詩歌創作的端緒。其次，他在其樂府詩中真實地反映出當時悲慘的社會實況，並因此表現出强烈的建功立業的進取要求，使其詩歌具有一種慷慨之氣，强烈地騰發出這一時代詩歌所特具的積極精神。在開拓一代新的詩風上，曹操是居於主導地位的。

二 曹丕

曹丕(一八七—二二六),字子桓,他是曹操的次子,於建安二十五年(二二〇)繼曹操爲魏王,隨即廢掉漢獻帝,改國號爲魏,他就是歷史上所稱的魏文帝。據史書説,他「好文學,以著述爲務」。從他的《典論·自敘》看來,他對於各種文武技藝都很愛好精通。他是個很重感情的人,我們看他的《與吴質書》二篇(《文選》卷四二),對已逝去的當時文人之深致悲悼,及《寡婦賦》、《出婦賦》(《魏文帝集》)之對不幸者的同情悲愍,都是很悱惻動人的。

他的詩歌,絶大多數是樂府。由於各種生活條件的限制,他的樂府詩創作不能具有如他父親那樣的壯采。其中如《善哉行》一首(《文選》卷二七),通體語言精雅,情意深永,仍不失爲一首較成功的四言詩。至如詩中所表現的遊子他鄉、人生如寄的感情,在他的作品中也是常見的。在他的樂府詩中特别值得提出的,是開始以完整的七言體寫出的《燕歌行》二首。它們的内容,仍不出以前詩歌中常有的思婦之情,而其藉完整的七言體表達出來,則是具有獨創性的。後來與五言詩並爲詩歌中常用體裁的七言詩,在這裏開始了它的記録,這在我國詩歌史上是一件不容忽視的事。這兩首詩的音節和修辭,也都和婉精美,使詩中所抒發的感情更爲凄婉動人。兹録其第一首於下:

秋風蕭瑟天氣涼,草木摇落露爲霜。羣燕辭歸雁南翔,念君客游多思腸。慊慊思歸戀故鄉,君何淹留寄他方?賤妾煢煢守空房,憂來思君不敢忘,不覺淚下沾衣裳。援琴鳴弦發清商,短歌微吟不能長。明月皎皎照我床,星漢西流夜未央,牽牛織女遥相望,爾獨何辜限河梁!

曹丕的五言詩,就其内容言,大致不外以下幾個方面:它們中意義較好的,乃是對於不幸婦女的同情,如《於清河見挽船士新婚與妻别》、《代劉勛妻王氏雜詩二首》及《見挽船士兄弟辭别詩》等,皆情致凄惻,婉轉動人,與其《燕歌行》二首所表達的感情是一致的。其次是有幾首描寫出師的盛況,如《黎陽作三首》第三首、《至廣陵於馬上作》,顯示了他繼承曹操要統一中國的雄心壯志。另外就是如《文心雕龍·明詩篇》所説的「憐風月,狎池苑,述恩榮,敘酣宴」這類的作品,祇不過是作爲他們貴族享樂生活的寫照而已。而其所有五言詩,都能作到語言精醇,氣調諧婉,在藝術上達到成熟境界,具有與《古詩十九首》類似的風格。而其在這一時期的卓越之處,還在於文學理論批評方面建立了新的領域,爲其光輝的前景啓發了良好的端緒。

第三節 曹植

曹植(一九二—二三二),字子建,是曹丕的同胞弟,建安十六年(二一一)封爲平原侯,十九

年改爲臨淄侯，魏文帝黄初二年（二一一）改爲鄄城侯，次年改封爲鄄城王。後來他的封地屢經改遷爲雍丘、浚儀、東阿，而最後終於陳，死後謚號爲思，所以後人常稱他爲陳思王。他在幼年即表現出特異的文學才華，爲曹操所寵愛，因此與曹丕進行爭奪太子地位的暗鬥，終因性行疏略而失敗，這便注定了他後半生悲劇性的生活命運。他的豐富的慷慨動人的優美詩篇，就是在這種痛苦的生活基礎上形成的。

曹植雖曾在其《陳審舉疏》中説自己「生乎亂，長乎軍」，但當他將成年時，北方大致已經平定，所以他早期的詩歌，也是如《文心雕龍·明詩篇》所描敘的「憐風月，狎池苑，述恩榮，敘酣宴」，都是一些貴族生活的自狀。不過，就是在這類的詩歌中，仍有許多不能自已的哀怨之情流溢着，如其在《贈徐幹》詩中，於同情貧士的困苦生活之後説：「寶棄怨何人？和氏有其愆，彈冠俟知己，知己誰不然！」可見就在他這時的貴公子生活中，仍有無限難以宣泄的苦悶的。所以就是他的這些描寫貴族生活的詩，也流注着動人的人生實感，非如六朝的某些僅在吟弄風月的作品可比。

在曹植的早期作品中，特別值得提出的是《送應氏詩》：

步登北邙阪，遥望洛陽山。洛陽何寂寞！宫室盡燒焚。垣墻皆頓擗，荆棘上參天。不見

舊耆老，但睹新少年。側足無行徑，荒疇不復田，遊子久不歸，不識陌與阡。中野何蕭條！千里無人烟，念我平常居，氣結不能言。

這是其第一首。就在送應瑒的地方所望到的洛陽殘破景象，加以具體如實的描寫。從城市的破壞，田園的荒廢，人民的死亡，描繪出一幅傷心慘目的大亂後的社會圖景，給曹操的《蒿里行》以更具體有力的補充。此詩作於建安十六年，距當時禍亂演成的時間已有二十年之久，而社會景象仍是如此荒殘，可見當時禍亂者對人民所造罪惡的嚴重程度，因而不能不令人「氣結不能言」了。此詩乃因送應瑒而出行，就望中所見加以描寫，以見其與友好離別時之時事艱難。因此，下首於敘寫離別中乃産生世事茫茫之感。「清時難屢得，嘉會不可常，天地無終極，人命若朝霜。」這正是生活在亂世的文人們常有的一種感慨。

建安二十五年（二二〇），曹植不幸的命運開始降臨了。他聽到曹丕代漢獻帝做了皇帝，曾悲痛哭泣，因爲自己不曾得到對父親地位的繼承，以後將是一個被宰割者。原來曹丕一承繼曹操爲魏王，即將曹植最親密的兩個朋友丁儀、丁廙殺掉。這時又命令諸侯各回本國，不許留在京城。到第二年，被派監視他的灌均迎合曹丕的意思，誣告他「醉酒悖慢，劫脅使者」，他由臨淄侯被貶爲安鄉侯。曹丕在給了他這頓打擊後又改封他爲鄄城侯，次年（黄初三年，即公元二二二年），隨

例昇侯爵爲王爵。黄初四年五月，他和諸王同朝京師，驍勇的任城王曹彰就在京城被毒死了。他和白馬王曹彪回國時本可同行一段路，藉以談敘一番，可是曹丕的爪牙却不許他們一同行止，於是他寫下了一組沉痛的《贈白馬王彪》詩。

《贈白馬王彪》詩中所抒寫的感情是非常沉痛而複雜的。這組詩共有七首，是首尾相連一貫的聯章。開始詩人表白他對於京城的依戀，這種感情，從他不斷上書請求試用是很容易理解的。由於他對京城心懷依戀，所以在歸途特別感到旅行的艱苦。但這種艱苦並不難克服，而最難處理的是人事上感情的創傷。接着在第三首即將這種感情坦率地表白出來：

> 玄黄猶能進，我思鬱以紆。鬱紆將何念？親愛在離居。本圖相與偕，中更不克俱。鴟梟鳴衡軛，豺狼當路衢，蒼蠅間白黑，讒巧反親疏。欲還絶無蹊，攬轡止踟躕。

詩人在這裏以極大的憤怒，斥罵那些離間他們兄弟感情的讒巧之徒爲鴟梟、豺狼、蒼蠅。第四章於對旅途時節景物的描寫中，象徵地抒發其對於時事的憂危之感。這種憂危之感，正是從讒巧之徒所造成的形勢下預感到的。第五章則因痛念曹彰的被害而深切感到己身之難保，如云：「奈何念同生，一往形不歸。……自顧非金石，咄唶令心悲。」充滿了人生存亡的酸辛。接着第六章於無可奈何之際故作曠達之言，以互相勸慰：

> 心悲動我神，棄置莫復陳！丈夫志四海，萬里猶比鄰，恩愛苟不虧，在遠分日親，何必同衾幬，然後展殷勤！憂思成疾疢，無乃兒女仁。倉卒骨肉情，能不懷苦辛！

在這表面曠達的語言裏，却包裹着勉力抑制住的深切的人生悲辛。非常複雜曲折的感情，竟表達得這樣明白易於感人。最後一章把自己所不能把握的人生生死離合之情一齊傾訴出來，如云：「變故在斯須，百年誰能持！離別永無會，執手將何時？」幾乎是放聲長號了。終祗有無可奈何地以勉力自愛相叮嚀說：「王其愛玉體，俱享黄髮期。」語愈纏綿而感情愈覺沉痛。這組詩中所表現的感情，既憤激而又悲痛纏綿，它的情調時而激揚，時而低沉，而詩騷書傳中的語言，又被他提煉運用得非常準確和諧，因此，它看來雖很文雅，却極富有感染人的力量。這類作品，確如鍾嶸所稱讚，是「體被文質」的了。從這篇詩裏，可看出當時統治階級内部矛盾的情況，在一次政治暗鬥之後，勝利者對於對方殘忍的壓抑迫害是無所不至的，儘管彼此是兄弟骨肉的關係。那麽，《七步詩》的事實是否會有的問題，我們是難於以常情去測度的。

曹植早年常隨着曹操征伐四方，曾得到父親許多軍事學的傳授，在當時現實形勢的激發下，即有建立功業的願望，後來處於曹丕父子的統治下，自覺是個罪人，雖身爲藩王，總感到是無功受禄，這種精神上的痛苦，祗有以立功來解除，因此他不斷迫切要求給他以立功自效的機會。這

種要求，他在其《責躬詩》（《文選》卷二〇）、《求自試表》（《文選》卷三七）和《陳審舉疏》（《三國志·魏書》本傳）中都曾懇切提出，但從未獲得曹丕父子的准許。因此，這種力求爲國捐軀以及因遭受抑制而才力無可伸展的慷慨情緒，在他的詩篇中也是普遍流溢着的。

他的一首樂府詩《白馬篇》中所描寫的遊俠少年形象，正是作者自己的寫照：

白馬飾金羈，連翩西北馳。藉問誰家子？幽並遊俠兒。少小去鄉邑，揚聲沙漠垂。宿昔秉良弓，楛矢何參差！控弦破左的，右發摧月支，仰手接飛猱，俯身散馬蹄，狡捷過猿猴，勇剽若豹螭。邊城多警急，胡虜數遷移，羽檄從北來，厲馬登高堤，長驅蹈匈奴，左顧凌鮮卑。棄身鋒刃端，性命安可懷！父母且不顧，何言子與妻，名編壯士籍，不得中顧私，捐軀赴國難，視死忽如歸。

作者以飛動的筆勢，寫出這遊俠少年精强的武藝，及不顧一切而奔赴國難的忠勇氣概。篇末揭示的「捐軀赴國難，視死忽如歸」的志氣，就是作者在《求自試表》中所表明的「雖身分蜀境，首懸吴闕，猶生之年也」的志氣。這種志氣，也曾被作者直率地表明在他的兩首《雜詩》裏：「閒居非吾願，甘心赴國憂」，「國仇亮不塞，甘心思喪元」。正因爲作者在思想上蓄之有素，所以這位遊俠少年的形象才在他的筆下呈現得這樣凛然有神。

他的《名都篇》乃是從《白馬篇》的思想基礎出發，對於一班貴族少年一味消耗其時間精力以追求遊戲宴獵之樂的微妙諷刺：

名都多妖女，京洛出少年。寶劍直千金，被服光且鮮，鬥鷄東郊道，走馬長楸間。馳騁未及半，雙兔過我前，攬弓捷鳴鏑，長驅上南山。左挽因右發，一縱兩禽連。余巧未及展，仰手接飛鳶，觀者咸稱善，衆工歸我妍。歸來宴平樂，美酒鬥十千，膾鯉臇胎鰕，炮鱉炙熊蹯。鳴儔嘯匹侶，列坐竟長筵，連翩擊鞠壤，巧捷惟萬端。白日西南馳，光景不可攀，雲散還城邑，清晨復來還。

作者極力鋪寫了他們的衣具之美，騎射之妙和游宴之樂，即在爲了顯示他們這種生活之爲浪費而無意義。他們精妙的騎射也不過爲了快意於「衆工歸我妍」。他們就以這樣的生活消磨其不可追攀的寶貴時光。最後兩句更揭示了他們這種生活的經常性，並形容出他們除此以外無所事事之狀。作者對他們的諷刺態度，就從最後四句意味深長地表現出來。在對於這種貴族少年生活的諷刺背後，也正顯示了作者自己的人生觀。因爲這種庸俗的生活，在志圖「戮力上國，流惠下民」而宣稱「平居非吾志」的作者看來，是毫不足取的。

由於曹丕父子對他的壓抑，使他迫切的功業要求不能獲得實現的機會，他因而對自己的美

好才能之不能見用於世常深致惋惜。他的這種情緒，常是運用比興手法，通過對於女性的描寫，象徵地表達出來。如其《雜詩》的「南國有佳人」一首，所抒寫的美人對於遲暮的憂懼，便鮮明地體現出了這種感情。他的一首名作《美女篇》中的美女形象，正是爲了表達這種感情而着力描寫的：

> 美女妖且閑，採桑歧路間。柔條紛冉冉，落葉何翩翩。攘袖見素手，皓腕約金環。頭上金爵釵，腰佩翠琅玕，明珠交玉體，珊瑚間木難。羅衣何飄飄，輕裾隨風還。顧盼遺光彩，長嘯氣若蘭。行徒用息駕，休者以忘餐。藉問女何居？乃在城南端，青樓臨大道，高門結重關。容華耀朝日，誰不希令顏！媒氏何所營？玉帛不時安。佳人慕高義，求賢良獨難，衆人徒嗷嗷，安知彼所觀，盛年處房室，中夜起長嘆。

《美女篇》所描寫的對象和採用的方法，基本上是承襲着《陌上桑》的，但所表達的中心思想則各不同。《陌上桑》之着力描寫羅敷的美，是爲了顯示她對於使君的驕傲，而予輕視婦女人格的統治者以尖銳的嘲諷；而《美女篇》之極寫美女容采之盛，以見其獨處房室之可惜，乃是爲了抒發自己身世的感嘆。《美女篇》中的主人公之所以如此的美質而「盛年處房室」，乃因她「慕高義」、「求賢」，不願苟且求合，這也如同作者在《求自試表》中所表白的，他之所以「寢不安席，食不遑味」，非爲「徒榮其軀而豐其體」，乃因「微才弗試，沒世無聞」。由此可知，作者在詩中所塑造的主人公形象中所具有的高尚品質，正是詩人對自己的理想要求。我們如瞭解作者的生平志氣，這個女主人公形象的意義是易於理解的。這首詩在描寫技巧上比《陌上桑》有着明顯的提高。《陌上桑》在對羅敷的形體上僅着重於衣飾的鋪寫，而對她的容色之美，衹是從旁觀者的感覺行爲上作側面的烘託。而《美女篇》於描寫美女衣飾的同時，生動光輝地繪出她的各種姿態神情，形象更爲具體鮮明，而在語言的運用上，也表現了高度的精煉。從這首詩，也可看出曹植學習樂府民歌而加以提高的顯著成績。

在曹丕父子的歧視壓抑下，曹植不僅希求施展其才能而不可得，就是在生活上也得不到居住的安寧。他在《遷都賦序》中曾敍明這種實況説：「余初封平原，轉出臨淄，中命鄄城，遂徙雍丘，改邑浚邑，而末將適於東阿。號則六易，居實三遷，連遇瘠土，衣食不繼。」這還是剛改封東阿時的所有情況，他還不曾經歷最後一次改封到陳的遷徙。他在敍述中還省掉一次，就是從浚邑又曾改回到雍丘，後又從雍丘到東阿。每一次遷徙，他必須在生活上放棄從前所努力的而重作安排。他在從雍丘遷到東阿時，曾上表申訴「在雍丘劬勞五年，……園果萬株，枝條始茂」，希望皇帝體念他「左右貧窮，食裁糊口，形有裸露」而在經濟上略給他以補助（《轉封東阿王謝表》）。由此可

以想見，頻繁的遷徙，給他生活上造成的痛苦是很難堪的。他的一首《籲嗟篇》就是爲了傾訴這種流徙播遷之苦而寫的：

籲嗟此轉蓬，居世何獨然？長去本根逝，宿夜無休閑。東西經七陌，南北越九阡，卒遇迴風起，吹我入雲間，自謂終天路，忽然下沈泉。驚飆接我出，故歸彼中田，當南而更北，謂東而反西，宕宕當何依，忽亡而復存，飄飖周八澤，連翩歷五山。流轉無恒處，誰知吾苦艱！願爲中林草，秋隨野火燔，糜滅豈不痛，願與株荄連。

這首詩以隨風飄轉的蓬草爲主題，把蓬草加以人格化，表達出它親身感受的流轉之苦。蓬草在風飆的支配下，完全失去對自己命運的主宰力，因而被迫上下四方流轉而無恒處，這簡直是作者自己身世的寫照。最後表示願受糜滅的痛苦，隨野火以俱盡，這乃是作者感到無人生之趣而發出的沉痛的心聲。他的這類情緒，也表現在《雜詩》的「轉蓬離本根」這篇裏，作者在這裏明顯地以轉蓬比喻遊子，其用意與《籲嗟篇》基本上是一致的。

曹植有一首《泰山梁甫行》，是他在流徙中所看到的齊東濱海地方貧苦人民的生活圖景：

八方各異氣，千里殊風雨，劇哉邊海民，寄身於草野。妻子象禽獸，行止依林阻。柴門何蕭條，狐兔翔我宇。

詩中「妻子象禽獸，行止依林阻」二句，極有力地勾畫出窮民因衣不蔽體而行動畏人之狀。最後二句使人可以想象到那居室的破壞情況，它是極少防禦作用的。即從衣和住兩方面可以推想到這些人民生活有關的其他方面。作者用筆如此精簡而形象却如此突出鮮明，由此也可看到作者驚人的藝術手腕。而作者之能這樣真實地反映人民這種悲慘生活，正由於他有「流惠下民」的思想基礎，儘管他自己常在流徙之中，他還能注視人民的生活疾苦。

曹植由於在政治上遭受壓抑，感到人生的無味，在思想上常激發出力圖自我解放的要求。這種要求在他的許多遊仙詩中表現得很充分。遊仙思想在曹操的樂府中也很有些，但他們二人的這種思想是從不同的生活基礎出發的。曹操的這種思想基本上是秦皇漢武之類的，乃是在人生意志得到滿足後的進一步要求。如在他的《秋胡行》第二首中，他雖感到「天地何長久，人道居之短」，而「思得神藥，萬歲爲期」，但他並未忘懷於「萬國率土，莫非王臣，仁義爲名，禮樂爲榮」，並進而感到「不戚年往，憂世不治」，而考慮「壯盛智慧，殊不再來，愛時進趨，將以惠誰」了。這種思想與「烈士暮年，壯心不已」的情志趨向仍是一致的，即是爲了想達到他的更高功業要求。而曹植在其《遊仙》詩中却說：「人生不滿百，歲歲少歡娛，意欲奮六翮，排霧陵紫虛。」他的又一首《五游》詩也說：「九州不足步，願得凌雲翔。」由此可見，他之託志於空虛的神仙之游，乃是他

不能忍受現實生活的抑鬱，感到祇有高步於九州之外，奮凌於空虛之境，才能抒發自己的意氣。這種思想情況，在以前的屈原和以後的李白作品中可看到許多，都是在自己的思想矛盾激烈時的一種自我排遣方法，也是積極要求自我解放的精神表現。

這裏還須談談曹植的一首《野田黄雀行》：

高樹多悲風，海水揚其波。利劍不在掌，結友何須多！不見籬間雀，見鷂自投羅。羅家得雀喜，少年見雀悲。拔劍捎羅網，黄雀得飛飛。飛飛摩蒼天，來下謝少年。

曾有人認爲這是作者自己要求解放的思想表現，這是不合實際的説法。這詩先説「利劍不在掌，結友何須多」，從下面接着敍寫少年拔劍救雀之事看來，這兩句的意思是在感嘆自己手無利劍，不能如少年拔劍救雀那樣解救自己朋友的危難。少年拔劍救雀的行爲，乃是作者當時對朋友的危難深感自己無能爲力，而望有人能出加援助的理想願望。考《三國志・魏書・曹植傳》注引《魏略》説：「太祖（按：即曹操）既有意欲立植，而（丁）儀又共讚之。及太子（按：即曹丕）立，欲治儀罪，轉儀爲右刺奸掾，欲儀自裁而儀不能，乃對中領軍夏侯尚叩頭求哀，尚爲涕泣而不能救。後遂因職事收付獄，殺之。」朱乾的《樂府正義》和黄節的《曹子建詩注》都認爲曹植的《野田黄雀行》之作，乃爲丁儀兄弟被殺而自嘆無力救援，這是確實可信的。作者在詩的開端以「高樹多悲風，海水揚其波」象徵地顯示出時勢的重大變故，從壯闊的自然景象的變化中，給人以巨大的世局動盪之感，這是作者自己不幸命運的開始，但他這時所勞心悲慮的是他的朋友的命運，尚未顧到他自己也將如羅雀之失去自由而任人宰制了。

如上所述，可知曹植的詩篇，是充分體現了他一生的生活情緒的。從他的詩篇裏，我們可儼然感觸到一個懷才莫展而沉浸於抑鬱痛苦中的詩人形象，它在客觀上揭示了封建統治階級內部矛盾的一種情況，使我們看到了封建統治者爲了保持自己的統治權而對於人才是怎樣抑制摧殘的。他的占整個作品半數的樂府詩，雖仍是襲用樂府古題，但在很多情況下具有較重的主觀抒情性，自然地把樂府詩過渡到徒詩，淡漠了樂府詩和文人徒詩的疆界，這實際上應理解爲文人的詩歌從樂府民歌吸取營養所呈現的新的面貌。他的詩歌，一方面仍具有樂府民歌的渾樸之氣，這從他的語言的樸質明朗及抒情的真摯坦率都可感到；而另一方面他所具有的語言和結構的精煉之美，仍明顯地體現出文人卓越的藝術才華，也標志着文人從學習民歌基礎上的提高。就曹植的整個詩歌創作言，他的藝術成就之高和篇章之富，在建安時代是首屈一指的，他以其光輝的成就，如一顆明星般地照耀着當時的詩壇，配合着當時一班文人的共同努力，爲五言詩的發展壯盛建立了堅實而具有相當規模的基礎。鍾嶸稱他「爲建安之傑」，他是可以當之無愧的。而在詩篇中，詩

人個性之表現得充分、鮮明和强烈，也是在屈原以後陶淵明以前所僅見的。

第四節　王粲、劉楨及其他詩人

一　王粲

在曹氏父子周圍的文人中，詩歌成就最高的要推王粲。

王粲（一七七—二一七），字仲宣，山陽（郡名，故城在今河南省修武縣境内）高平人。他的祖父王暢和曾祖父王龔都是漢朝的三公。他在少年時即曾爲前輩大文學家蔡邕所重視。董卓之亂時，他南下到荆州依劉表。建安十三年（二〇八），曹操平荆州，他即歸向曹操，於建安二十二年死於隨曹操征吴的途中。他曾親身經歷重大的社會變亂，過了十餘年的流離生活。這些慘痛的生活和見聞，在他以其卓越的文學才華運用下，成就許多優秀的詩篇。《文心雕龍·才略篇》説：「仲宣溢才，捷而能密，文多兼善，辭少瑕累，摘其詩賦，則七子之冠冕乎！」確實的，就詩賦而言，他在七子中是突出的。

王粲的《七哀詩》三首，也是這時閃耀出强烈的現實主義光輝的作品：

西京亂無象，豺虎方遘患，復棄中國去，委身適荆蠻。親戚對我悲，朋友相追攀。出門無所見，白骨蔽平原。路有饑婦人，抱子棄草間，顧聞號泣聲，揮涕獨不還：「未知身死處，何能兩相完！」驅馬棄之去，不忍聽此言。南登霸陵岸，回首望長安，悟彼《下泉》人，喟然傷心肝。

荆蠻非我鄉，何爲久滯淫！方舟溯大江，日暮愁我心。山岡有餘映，岩阿增重陰。狐狸馳赴穴，飛鳥翔故林，流波激情響，猴猿臨岸吟，迅風拂裳袂，白露沾衣襟。獨夜不能寐，攝衣起撫琴，絲桐感人情，爲我發悲音。羈旅無終極，憂思壯難任。

邊城使心悲，昔吾親更之。冰雪截肌膚，風飄無止期。百里不見人，草木誰當遲。登城望亭隧，翩翩飛戍旗。行者不顧返，出門與家辭。子弟多俘虜，哭泣無已時。天下盡樂土，何爲久留兹？蓼蟲不知辛，去來勿與諮。

第一首是董卓部將李傕、郭汜在長安爲亂時，他避難離開長安時作的。詩中所抒寫的是他在慘酷的社會變亂中不得不離開長安的悲痛情緒。開始即表明所以離去長安之故，儘管臨行時親友相悲痛追攀，而「南登霸陵岸」時仍不能不依戀地「回首望長安」，但終於忍痛辭去。中間對於社會亂象的描寫，形象真實地揭示了那班豺虎所構成的人民灾患之慘重，有力地説明了他離去長安的必要。在對於那種社會景象的描寫中，首先以「出門無所見，白骨蔽平原」極概括地勾畫出那種經過毁滅性破壞的社會慘景，下面即從饑婦人的形象具體地顯示出當時社會景況的一斑。

那個饑婦人把懷抱中的孩子棄於草間，孩子的號泣聲使她不得不回顧，儘管回顧揮淚，但她仍不肯還取孩子。下面「未知身死處，何能兩相完」即沉痛地表明所以不還的理由。這個婦人矛盾的行爲和心理就這樣形象生動地呈現在我們眼前，這是多麼慘酷的一幅社會圖畫啊！

第二首是詩人寄居荆州時作的。他到荆州，因爲體貌不揚而不爲劉表所重。他的《雜詩》第四首說：「鷙鳥化爲鳩，遠竄江漢邊，……邂逅見逼迫，俯仰不得言。」由於人事上的不得意，更加重他羈旅的憂感。這首詩抒寫的就是這種羈旅的憂感。詩人在詩中所着重描寫的乃是異鄉的時節景物，詩人羈旅中的憂愁情緒，就從對時節景物的描寫態度中流露出來。從整首詩中，讀者即可感觸到一個憂鬱的遊子形象。最後二句「羈旅無終極，憂思壯難任」，和其《登樓賦》中所說「惟日月之逾邁兮，俟河清其未極」的情緒一致，都是從詩人的內心深處發出的。

第三首是作者追寫他親身經歷的邊地景況。詩人以具體形象描繪出邊地的苦寒、蕭條，及人民處於戰爭形勢下爲死亡所籠罩的慘狀。最後四句，詩人以自己所感此地之不可留，而人民却如蓼蟲之不知辛，顯示出邊地人民此種慘痛生活之爲長期性而無可逃避，含意尤爲沉痛深刻。我們試把杜甫的《垂老別》、《無家別》和這篇比較一讀，即可看到它們彼此在風格上的類似。

王粲還有《從軍詩五首》。考《三國志·魏書·武帝紀》，曹操曾於建安十六年西征馬超、韓遂，二十年又西征張魯，十八、十九及二十二年先後出征孫權，王粲都曾隨行，這五首詩當是這幾年中寫的。其中第一首所寫，從「相公征關右」及其具體內容看來，當是西征張魯之役。第五首是通過行軍途中對於曹操故鄉社會安樂景象的描述，表示對於曹操的歌頌。其餘三首都是寫的征伐孫權行軍途中的生活感受。總的説來，他在這些詩中歌頌了曹操的武略，並隨時表示了自己要爲國家輸展才力的志氣，也描寫了行軍途中所見社會的殘破景象，都是詩人現實生活情緒的反映，具有一定的積極意義的。另外，他還有許多詩，如《雜詩》、《公宴詩》及《詠史詩》等篇，也從多方面反映了他的生活情緒和人生態度。

他在抒情賦的成就上，也是僅次於曹植的。

二　劉楨及其他詩人

劉楨（一七〇？—二一七）的五言詩，在當時曾被評價很高。如曹丕在《與吳質書》中說：「公幹（劉楨的字）有逸氣，但未遒耳。其五言詩之善者，妙絕時人。」鍾嶸在《詩品》中把劉楨列在上品，稱他的詩「仗氣愛奇，動多振絕，真骨凌霜，高風跨俗」。並說：「自陳思以下，楨稱獨步。」他們對劉楨的這些高度評價，我們可從他的《贈從弟三首》得到印證。在這三首詩中，作者運用比興的手法，以蘋藻、松柏和鳳凰比喻其從弟的美好品質，由此也顯示出他自己對於

人的品德修養的觀點和評價，鍾嶸所謂的「仗氣愛奇」和「真骨凌霜」之類的評語，當是指的詩中這種感情氣概。三首詩的語言都很簡練諧穩，曹丕稱他「妙絕時人」，也當包含有他的這種修辭之美在內。但也使人感到他的詩筆瘦硬而缺乏豐腴的辭采，鍾嶸說他「氣過其文，雕潤恨少」，也是很恰當的。但是即如當時曹丕及其後鍾嶸對他那樣推重，而在我們今天看來，他在詩中所表現的生活感情的範圍很有限，是不能和王粲並駕比肩的。茲録其《贈從弟三首》中的第二首於下，以示一斑。

亭亭山上松，瑟瑟谷中風。風聲一何盛，松枝一何勁！冰霜正慘凄，終歲常端正。豈不罹嚴寒？松柏有本性。

曹丕在《與吳質書》中稱美徐幹說：「偉長（徐幹的字）獨懷文抱質，恬淡寡欲，有箕山之志，可謂彬彬君子矣。」而曹植在《贈徐幹》詩中說：「顧念蓬室士，貧賤誠足憐，薇藿弗充虛，皮褐猶不全。慷慨有悲心，興文自成篇。寶棄怨何人，和氏有其愆，彈冠俟知己，知己誰不然！良田無晚歲，膏澤多豐年，亮懷璵璠美，積久德愈宣，親交義在敦，申章復何言。」由曹丕所說，徐幹的性格，在當時諸子中較爲恬退，並不汲汲於事業功名的進取。但從曹植詩中可以看出，徐幹仍是希望獲得知己者的援用的。他希望把君臣關係建立在道義關係的基礎上，他的一首《室思》即表達了他希望鞏固這種關係的情緒：

人靡不有初，想君能終之。別來歷年歲，舊恩何可期！重新而忘故，君子所猶譏。寄身雖在遠，豈忘君須臾！相厚不爲薄，想君時見思。

這首詩全用比興的手法，假託女子希望鞏固其和男子的愛情，從女子的境地設想，感到在愛情上並不能獲得完全的保證，但表明自己對愛情的忠誠，而從好的方面來希望並勉勵對方，從委婉的言辭中表達出深厚的情意，這種表達的方式，正是恰合於這種不穩定程度的愛情關係的。這樣把君臣或朋友關係的願望，託之於男女愛情來表達，我們在《楚辭》和《古詩十九首》中可常見到，而在曹植的詩賦中也不乏其例。

徐幹的詩篇不多，差不多都是如上所舉的內容，情辭婉曲暢適。他的創作精力都集中在《中論》一書的著述上。

陳琳和阮瑀二人都長於章表書記，如陳琳的《爲袁紹檄豫州》、《檄吳將校部曲文》（俱見《文選》卷四四）和阮瑀的《爲曹公作書與孫權》（《文選》卷四二），都是以洋洋灑灑的辭藻，誇張形勢，引證古今陳說利害，具有很大的鼓動力量。曹丕在《與吳質書》中曾稱讚他們這方面的才能說：「孔璋（陳琳的字）章表殊健，微爲繁富。……元瑜（阮瑀的字）書記翩翩，致足樂也。」他們在詩

歌創作上的成就並不算高，但也各有少許可觀的篇章，足以抗衡當時流輩的。如陳琳的《飲馬長城窟行》：

> 飲馬長城窟，水寒傷馬骨。往謂長城吏：「慎莫稽留太原卒！」「官作自有程，舉築諧汝聲！」「男兒寧當格鬥死，何能怫鬱築長城！」長城何連連，連連三千里，邊城多健少，內舍多寡婦。作書與內舍：「便嫁莫留住。善事新姑嫜，時時念我故夫子！」報書往邊地：「君今出語一何鄙！」「身在禍難中，何爲稽留他家子？生男慎莫舉，生女哺用脯，君獨不見長城下，死人骸骨相撐拄。」「結髮行事君，慊慊心意關，明知邊地苦，賤妾何能久自全！」

這首詩用對話的方式，從築城卒與妻室以書信相對答中，揭示出築城苦役給予人民的禍災。築城卒對於妻子的囑語中，充分表達自己無生還的希望及作爲一個男子的不幸，後面告以長城下死人之衆的慘象，即在加强證明自己意料之確實。而詩的最後則以其妻子表示不能獨活結束，充滿了人民身家破滅的悲痛。這首詩所表現的感情的坦率和語言的樸實以及對話方式的運用，都顯示出很濃厚的民歌氣質。其中如「生男慎莫舉，生女哺用脯。君獨不見長城下，死人骸骨相撐拄」乃是人民從實際生活中總結出的血泪之語，極爲沉痛酸楚。杜甫的《兵車行》末端所敍寫的「信知生男惡，反是生女好，生女猶得嫁比鄰，生男埋沒隨百草」，當也是從這裏得到啓發的。

阮瑀的詩頗多人生時序之感，氣調與曹丕很相類似。他的一首樂府詩《駕出北郭門行》，敍寫一個孤兒在後母虐待下的慘痛生活，其意義與漢樂府民歌中的《孤兒行》是一致的。雖然阮作在文辭整潔上顯示了文人的本色，但由於對孤兒痛苦生活和情緒的描寫真實生動，仍具有很强的感人力量。詩的末尾說，「傳告後世人，以此爲明規」，表明了此詩是有意識地爲箴誡社會而作，它和陳琳的《飲馬長城窟行》俱是具有强烈的社會意義的。

被曹丕列爲七子之首的孔融，年輩與曹操相當，而且在政治上常故意與曹操爲難，故終爲曹操所殺。他的文章之所以常「雜以嘲戲」，乃是爲了顯示對於曹操的輕蔑。他的詩歌，也具有一種雄傑兀傲之氣，如《雜詩》云：「幸託不肖軀，且當猛虎步，安能苦一身，與世同舉措。」與其餘六人的風格迥然不同。因此，他是應列在以曹氏父子爲中心的文人集團以外的。曹丕之所以提出他，乃因對他的文辭之特別愛好，並曾「募天下有上融文章者，輒賞以金帛」（《後漢書·孔融傳》）。

應瑒現存的詩量既不多，質亦平平無可觀。曹丕在《與吳質書》中說：「德璉（應瑒的字）常斐然有述作之意，其才學足以著書，美志不遂，良可痛惜。」看來應瑒是想要把他的文學才能向另

一方面發展，如徐幹之著《中論》的。

從上舉詩人們的創作看來，儘管他們的成就不等，但他們作品的內容，無論是反映當時的社會生活，或抒寫個人的感情，都是直接或間接和當時社會現實相聯繫着，而具有一種積極的慷慨之氣。他們的詩歌，無論在內容或形式上，都接受了樂府的影響。他們都在共同的社會基礎上，各自依據個人的生活經歷和感受進行創作，共同形成盛極一時的建安詩風。他們許多人卓越的藝術成就，都是後代詩人創造性地學習追求的榜樣。唐代詩人陳子昂、李白等所極力尊崇的「建安風骨」，就是他們共同努力的結晶。

第五節　《悲憤詩》及《古詩爲焦仲卿妻作》

一　《悲憤詩》

建安時代，在曹氏文學集團以外，還有蔡琰的一首抒情而兼敘事的《悲憤詩》，是一篇騰耀着强烈的現實主義光輝的作品。

蔡琰，字文姬，陳留（今河南省陳留縣）人，東漢末大文學家蔡邕的女兒。她原嫁河東衛仲道，夫亡無子，歸寧於家。董卓之亂時，大約在獻帝初平二年（一九一），卓遣其將李傕、郭汜「擊破河南尹朱儁於中牟，因掠陳留潁川諸縣，殺略男女，所過無復遺類」（見《後漢書·董卓傳》）。琰即於此時被胡騎擄去，在胡地十二年，生有二子。曹操原和蔡邕相友好，後在其掌握了漢政權時，痛念到蔡邕沒有後嗣，乃派遣使者用金璧把她贖回，重嫁給董祀（《後漢書·列女傳·董祀妻傳》）。這首詩即是她由胡地回到中國後，抒發其身世的悲憤而作的。

作者在詩中首先原原本本地敘述她被擄掠的經過，極真切地展示了在禍難中不幸的婦女們的悲慘遭遇，這是我們在曹操、曹植、王粲等人的作品中所不能見到的。

> 卓衆來東下，金甲耀日光，平土人脆弱，來兵皆胡羌。……馬邊懸男頭，馬後載婦女。……所略有萬計，不得令屯聚，或有骨肉俱，欲言不敢語。失意幾微間，輒言「斃降虜，要當以停刃，我曹不活汝！」豈復惜性命，不堪其詈罵，或便加棰杖，毒痛參並下。旦則號泣行，夜則悲吟坐，欲死不能得，欲生無一可，彼蒼者何辜，乃遭此厄禍！

我們在《後漢書·董卓傳》中曾看到這類的記載：「卓嘗遣軍至陽城，時人會於社下，悉令就斬之。駕其車重，載其婦女，以頭繫車轅，歌呼而還。」而被擄掠的婦女們在强暴的摧辱下生死兩俱不能的痛楚情景，衹有在親身遭受到的女詩人筆下，纔能訴寫得如此委曲真實。

接着，敘寫她在胡地的生活情緒，及能幸運地返歸中國而又必須別棄其親生兒子的悲慘情景。她在一切不能習慣的異域生活中，感到能獲得一點鄉里的消息都是可喜的，而竟能意外地返

歸鄉里，自然是她不幸中之大幸，可是她又必須棄掉自己親生的兒子。於是中間有這麼一段極人生之悲慘的描寫：

邂逅徼時願，骨肉來迎己。己得自解免，當復棄兒子。天屬綴人心，念別無會期，存亡永乖隔，不忍與之辭。兒前抱我頸，問我「欲何之？人言母當去，豈復有還時！阿母常仁惻，今何更不慈！我尚未成人，奈何不顧思！」見此崩五內，恍惚生狂痴，號泣手撫摩，當發復回疑。

在這裏，從她所描寫的，孩子對她的依戀，她由內心激烈矛盾而致精神失常，對孩子的撫愛以致臨行而又遲疑，這一切構成一幅多麼慘酷的場景！這其中表現了作爲一個婦女所具有的母愛，和作爲一個國民所具有的祖國鄉土之愛的重大矛盾。在這矛盾的兩個方面中，她這時祇能選取一面而放棄另一面，終於割裂肝腸地犧牲了母愛，忍受了人生最難堪的母子生生長別的悲痛。「阿母常仁惻，今何更不慈！我尚未成人，奈何不顧思！」雖是孩子對她的質問，其實乃是她對自己的責備，正是她的矛盾情緒中被壓抑的一面尚在頑强反抗的表現。下面「見此崩五內，恍惚生狂痴」更形象地表現出內心矛盾的激烈狀態。而「號泣手撫摩，當發復回疑」又是從她內心衝出的多麼真摯而不可抑制的母愛！就在這矛盾鬥爭的過程中，溢灑着由她內心迸發出的血淚，使讀者不能不深受其感動而給予巨大的同情。

她決心回到中國，是經過慘酷的內心鬥爭歷程的。她出發時雖然以堅決的語氣説「去去割情戀」，但她在途中仍不能不「念我出腹子」而「胸臆爲摧敗」，這表示她所犧牲的母愛仍在她內心裏向她追擊，也顯示了她爲返回中國而犧牲的慘重。但回來後的情況怎樣呢？

既至家人盡，又復無中外。城郭爲山林，庭宇生荆艾。白骨不知誰，縱横莫覆蓋。出門無人聲，豺狼號且吠。煢煢對孤景，怛咤糜肝肺。登高遠眺望，魂神忽飛逝，奄若壽命盡，旁人相寬大，爲復强視息，雖生何聊賴！託命於新人，竭心自勖勵，流離成鄙賤，常恐復捐廢。人生幾何時！懷憂終年歲。

家人親戚都完了，故鄉土地上祇是荆艾、白骨、豺狼，使人無復生存的意味。她雖重獲配偶，但過去的不幸經歷，使她感到自己地位之可慮。「流離成鄙賤，常恐復捐廢」，這是她多麼複雜痛苦的心聲！她親身經歷了一切慘絶的人生不幸，而又畏懼這種不幸在道德倫理上所形成的威脅，儘管這種不幸非自己主觀力量所能避免的。這也顯示出在我國封建社會裏，婦女們由於地位和待遇的不合理而帶來的特殊痛苦。她割棄了母愛，離開她所哀嘆的異域，而回到急切盼望的故土；但故土的一切，使她感到更悲慘黯淡。她犧牲母愛的結果，却是從一種悲慘的境地進入另一種悲慘的境地。那末，她的內心創傷當是更加深重而無可彌補的了。這一篇敘事抒情詩實際上乃是一

個不幸婦女的痛史。她的一生不幸的命運，也就是我國歷史上巨大的社會變亂中千萬不幸婦女共同的命運，是具有普遍深刻的典型性的。

蔡琰的《悲憤詩》另有一篇《楚辭》體的，衹是簡略一般地抒寫被掠入胡地及歸漢時拋別其子之情，遠不如五言體詩之具體真實盡情，是後世文人可以依託想象寫出的。現在存留着的作品，還有《胡笳十八拍》十八首，都是《楚辭》體的。這些作品，不過是把《楚辭》體的《悲憤詩》內容的幾個方面加以敷衍而成，辭意繁雜冗復，當是後人假想僞作的，我曾在《關於「胡笳十八拍」的真僞問題》一文中詳盡論述過（見《胡笳十八拍討論集》），這裏就不多談了。

二　《古詩爲焦仲卿妻作》

《古詩爲焦仲卿妻作》一般題作《孔雀東南飛》，即以詩的首句作爲篇名。這是我國最長的一篇民間敘事詩，全首共有三百五十七句，一千七百八十五字。它的出現，標志着兩漢樂府民歌的最高成就。

這首詩最早見於南朝徐陵編集的《玉臺新詠》，作者姓名已不可知。詩的前面有序說：「漢末建安中，廬江府小吏焦仲卿妻劉氏，爲仲卿母所遣，自誓不嫁，其家逼之，乃没水而死。仲卿聞之，亦自縊於庭樹。時（人）傷之，爲詩云爾。」這段小序極明確地告示了我們這詩產生的時代。早在建安以前，即已有形式完美而篇幅較大的敘事詩如《羽林郎》、《陌上桑》等作品；到了建安時代，乃有篇幅更大的敘事詩《悲憤詩》；而《古詩爲焦仲卿妻作》出現於此時，當爲詩歌本身發展史所許可的。這首詩從產生以至被徐陵編入《玉臺新詠》，在民間流傳了三個多世紀。由於詩的故事動人而爲廣大人民所愛好，自然會在長期流傳中不斷得到豐富和加工，因而詩中也不免會出現建安時代以後才有的生活事物，但不能因此而否定詩的產生時代。

這首長篇的民間敘事詩，是具有非常豐富强烈的悲劇性的故事內容的。在故事的敘寫中，作者的態度和感情，給我們表示得很鮮明。作者在詩的結尾叮嚀讀者說：「多謝後世人，戒之慎勿忘！」作者告誡後人什麼呢？就是勿忘這次教訓而再製造悲劇。至於這一悲劇之造成，如詩序所極簡要概括指出的，首先是焦母對劉蘭芝的驅遣，再加以劉兄的逼嫁，於是這一對情偶便不得不以死來實踐他們對貞純愛情所作的保證。因此，作者對於焦母和劉兄，給以令人感到非常兇狠卑鄙的形象；而在劉蘭芝和焦仲卿的形象中，則賦予品質純潔崇高的內容。這些具體的人物形象，即充分說明了作者的愛和憎。正由於作者將其分明的愛憎融注在人物形象的塑造中，所以那些人物形象才能對讀者產生强烈的感染力，而引起感情的共鳴。詩的最後，神話式地寫出松柏梧桐的枝葉交相覆蓋，鴛鴦之相向夜鳴，其意義與梁祝化蝶一致，也表現了作者對堅貞愛情的歌頌，和

這種愛情必然獲得最後勝利的理想願望，以及人民在生活鬥爭中所具有的積極樂觀精神。這也是積極浪漫主義精神在我國古代民歌中鮮明的體現。

但是，這首詩給我們顯示的客觀的社會意義却更爲重大。如詩中所敍寫的，蘭芝是個非常勤勞、能幹、聰明、美麗的女子，何以竟不容於焦母？而焦仲卿儘管對蘭芝有着篤實的愛情，何以竟不能阻抗其母對蘭芝的驅遣？劉兄何以竟不同情其妹的不幸遭遇，而必逼她再嫁？而蘭芝何以竟不能終留母家，在其兄的逼迫下衹有一死？這些都是值得考慮的重要問題。

把上述問題聯繫起來仔細考慮，首先使我們感到：封建社會的家長制度似山岳般壓在青年男女的頭上，他們的命運，完全聽憑家長的裁決，自己是不能過問的。由於有封建家長權力的支持，所以焦母才能那樣專橫地因「懷忿」蘭芝之「無禮節、舉動自專由」而驅遣她。因爲蘭芝的這一切作爲焦母藉口的，正是焦母的家長權力所不容許的，而蘭芝本身所具有的一切優點，都在這一前提下不予考慮了。封建家長權力是以封建的禮制爲基礎的，在當時封建社會條件下，焦仲卿不能不遵守封建禮制所規定的上下之分，因而對其母藉家長權力所作的決定不能作積極的反抗，衹能作消極的哀求，哀求無效，衹有看着心愛的妻子走出家門。

其次，使我們感到：在封建社會制度下，女子因無獨立的社會地位，就無力主宰自己的命運。在我國封建社會中，婦女是作爲生産工具（人力的和物力的）看待的，因此，她們便成爲權力支配者的所有品，於是蘭芝被焦母驅遣時，便不能不離開焦門；她的哥哥要她再嫁時，她再也不能留住母家，除了馴服地遵從兄命，再無别路可走。在這種處境下，所能由她自己意志決定的行動唯有一死了。

由此可見，這一愛情悲劇産生的根源，在於封建社會的專橫的家長制度，及對婦女規定的嚴酷無人道的待遇，焦母和劉兄衹是這一切罪惡制度的執行者。因此，這一悲劇性的故事内容，即充分揭發了這一切封建制度的重大罪惡。這一首在民間流傳久遠的長篇敍事詩，也正是人民對這種罪惡的社會制度所作的嚴重抗議，是具有積極的反封建的戰鬥精神的。

這首詩是具有非常强的感染力的，這種藝術效果，乃是藉鮮明生動的人物形象獲得的。整個故事，便是一羣形象生動的人物活動所組成的圖畫。詩的開始，即爲這位女主人公勾畫出一個完整的輪廓，使人感覺到她身上具有多方面的優良品質，她多才多藝而又勤勞，可是她命運的陰霾已在籠罩着她，而她不甘屈服的倔强性格，也已在反抗封建權力壓迫的鬥爭中展開了。當然，她的倔强性格，也是她的優良品質的一個重要方面。具有這樣優美性格品質的女性，是應受到人們的喜愛的，但竟不爲焦母所容，這就自然會博得讀者更多的同情。

在詩的整個故事中，蘭芝表現的性格是非常明朗果決的。但隨着情節的發展，往往在不得已的情況下，她的性格又顯得很委婉沉着。當仲卿受母申斥後向她表明心跡，說「還必相迎取」時，她總結了自己在焦家的生活經歷，斷言再回來是絕不可能了的。她對自己的衣物作了一番處理，並說「於今無會因」，都在顯示她對於自己這種看法之確切無疑。她在要離去焦家前之着意嚴妝表現得「精妙世無雙」，即在針對焦母之稱羡秦羅敷「可憐體無比」，以她的美麗顯示對於焦母的驕傲。她辭別焦母的一番話，一方面在以具體的表現來反證焦母說她「無禮節」之爲誣妄，一方面也吐露出她還有一綫歸來的幻想，這種幻想乃是從仲卿對她的態度産生的。下面她對小姑所說，除了仍具有上述的兩點意思，也在於從她與小姑的關係襯映出她爲人賢惠，因爲姑嫂關係一般是難得好的。蘭芝初次與仲卿分別之絮語叮嚀，對將來存着殷切的期望，更於縣令遣媒來求婚時囑其母婉言謝絶，都極深刻地揭示出她處在那種困境時的凄惻衷曲，也是她終以死殉的思想感情的基礎。當然，她對前途的阻礙是估計到了的，所以說：「我有親父兄，性行暴如雷，恐不任我意，逆以煎我懷。」果然，她的哥哥竟以逐客的手段來威逼她改嫁，這時她已斷定了自己的命運，感到再無迴旋的餘地，所以不再作任何懇求，衹有爽利的答應，把當前緊迫的形勢紓緩一下，這正是她見事明審和處事果決的具體表現。到了婚期臨近，她在母親的催促下，啼哭着制備衣裳。這表明她對當前這一關究應如何應付，心情還是茫然，但却是異常痛苦的。正當這痛苦絶望之際，她以殷切的心情會晤着仲卿，仲卿向她表明死志，使她那困絶的心境得到啓發，她即刻提出與仲卿命運一致的誓言，並在最後關頭先自實踐了這一誓言，以寶貴的生命來維護人生的幸福和權利，表示對於封建壓迫的堅決反抗。

由此可見，在蘭芝的形象中，作爲她性格的最主要方面的，乃是對於封建壓迫的不屈服。這一性格，乃是通過她和仲卿、焦母及其母兄相互接觸的語言行動中體現出來。隨着情勢的發展，她的這種性格也表現得愈爲明朗堅決。但她有時也想在封建制度網羅中找尋一點可以鑽出的空隙，所以性格也表現得婉曲沉着。但罪惡的封建制度却始終似天羅地網般緊罩着她，這便決定了她命運的悲劇性質。所以這一藝術形象，使我們對這位善良女性給予無限同情的同時，也給予罪惡的封建制度以深切痛恨。它體現了我國封建社會中廣大婦女的共同命運，是具有深刻的典型意義的。

在焦仲卿的形象中，他的性格最主要的表現，在於對蘭芝的愛情之忠誠篤實。因此，他才能在一開始即對其母鄭重地表示出那樣忠貞不二的態度：「今若遣此婦，終老不復取（娶）！」最後也能不被其母的甜言誘騙所動摇，堅決爲愛情犧牲自己的生命，並以此給其頑固的母親以

嚴厲無情的反抗。他對其母的態度，表面似乎軟弱而其實是極堅强的，因爲他始終毫不動搖地站在蘭芝一邊，不管他母親如何威脅利誘。至於他在受母斥責後，「舉言謂新婦，哽咽不能語，我自不驅卿，逼迫有阿母」。這種表現，我們應歷史地去理解。儘管他在具體事情上和其母是對立的，但對當時的封建秩序他是無可奈何的。他不可能硬把蘭芝留住不遣，也以頓足力爭來對待其母的「搥床便大怒」。他對愛情的忠誠篤實，確極密切地影響着蘭芝。他對其母的鬥爭以及一再對蘭芝的温情慰勉，都有力地牽繫着蘭芝的心。他在最後一次和蘭芝會面時，祇是知道她的情況，並未知道她的態度，徑自單方面地表示「吾獨向黄泉」，這就充分表現出他的痴情，也就是這種痴情，即刻促成了蘭芝的決心，共同給這罪惡的封建制度以有力的揭露和打擊。至於他對蘭芝帶有譏意的責言，乃是針對他的「以我應他人，君還何所望」而發，也是自然合情的。但他並不因此改變意志，仍表示「吾獨向黄泉」，這樣忠於愛情的表示，哪能不引起蘭芝衷心的共鳴呢！

作爲整幅圖畫有機組成部分的焦母和劉兄的形象，是足以引起讀者痛恨的。焦母的横暴、陰險和狡詐，極生動地展示在我們眼前。從蘭芝開始所敍述「三日織五匹，大人故嫌遲」，及她所自説「吾意久懷忿」，並叫仲卿「便可速遣之，遣之慎莫留」，可見她對蘭芝是存心刁難而必逐去才快意的。她開始之對仲卿搥床怒責，及最後以仕宦和美色來哄騙他，便活現出一幅兇詐多端的可惡面孔。這一切封建統治階級所具有的性格特點，都在焦母的形象中集中地體現出來了。劉兄的形象雖在詩中祇出現一次，而已先從蘭芝的口中給予人一個印象，「性行暴如雷，恐不任我意」二語，説明他是具有封建制度賦予他的主宰權力的，所以他一動口逼迫蘭芝再嫁，她即不敢稍作拒抗。而他之卑鄙無情，即從他自己簡單的語言裏充分溢露了出來。

劉蘭芝、焦仲卿、焦母和劉兄，各以其性格産生的語言、行動相互影響，發展構成動人的故事情節，形成一幅完整圖畫。這幅圖畫即係通過那些人物形象的有機組合，按照生活邏輯本身的發展，如實地展示給讀者，因而給讀者以真實無間的感受，這乃是作者高强的藝術結構手段所達到的效果。

詩的語言樸質明朗，接近口語，有的甚至口語化了，都仍是樂府民歌所具有的特色。而本詩語言之最突出的表現，乃是它的個性化。每個人物口中發出的，都是適合其自己身份和處境的語言。就是這種個性化的語言，大有助於每個人物性格的具體鮮明性。另外，對話方式本是民歌中常見的，而在本詩尤其採用得多，詩的大部分都是對話，人物的性格和故事的情節都是從對話中展開的。上面兩種語言的突出表現，正是由本詩之具有豐富的故事性所規定的，而故事之生動感人，是與這些語言上的特點分不開的。

第二章　魏末及晉代詩風的變化

第一節　魏末的詩壇

一　魏末的政治局勢、學術思想與詩風

曹魏王朝末期，政治上的突出事件，乃是統治階級内部由尖銳的爭奪權力的鬥爭演成恐怖性的大屠殺。魏明帝曹叡死時年僅三十五歲，承繼他帝位的曹芳年僅八歲，於是曹叡不得不把政權委託給曹爽和司馬懿二人共同掌握。曹爽是從小即爲曹叡所親愛的宗室，而司馬懿則是當時幹練於軍事的重臣，二人間即展開爭奪政權的暗鬥。司馬懿終於在嘉平元年(二四九)以陰謀狡詐戰勝曹爽，把曹爽兄弟和其集團的諸名士何晏、丁謐、李勝、畢軌、桓範等誅滅三族。後來司馬懿的兒子司馬師繼續掌權，於正元元年(二五四)又族滅了在政治上和他對立的名士夏侯玄、李豐、許允等，爲其進佔曹魏的統治地位掃清道路，造成政治上的恐怖局勢。

這一時期在學術思想上的顯著特徵乃是清談玄理之風暢開。清談乃由東漢末期的清議演變來的，東漢清議的内容爲人品及時政，而這時清談的内容則爲玄理。這種談議内容的轉變，也正反映着東漢至魏晉之間的學術思想轉變。東漢統治者所提倡的儒學既在大動亂的現實生活中失去支配人的力量，於是法家和道家的學術思想即代之而起。法家的精神在於循名責實，曹操的用人唯才便是法家精神的實際應用。到了社會秩序恢復安定，才和德的輕重問題産生，於是士大夫們進而探尋才和性的相互關係，而學術思想便自然地被導向道家的玄理了。這時老、莊和闡釋人生和自然的哲理的《周易》即成爲當時名士的談資，而被稱爲「三玄」。何晏和比他年輩稍輕的王弼即是當時玄談界的領袖。何晏在明帝曹叡時被認爲浮華而受抑黜，到正始初曹爽執政又被顯用，他以其政治地位和才辯大暢玄理，開拓了後世清談家所稱道的正始之風。

當曹爽失敗，司馬氏不斷大肆屠殺在政治上異己的名士，更高高地舉起名教來作爲其政治號召時，在學術思想上繼承正始傳統的著名詩人阮籍、嵇康，即極力發揮道家崇尚自然的一面，以抗擊司馬氏集團所提倡的虚僞性的名教，同時在政治上各以不同的方式拒絶與司馬氏合作。他們運用道家思想以否定一切現存的封建制度和秩序的精神，在其各類文學作品中都有着鮮明强烈的反映。又由於司馬氏以大屠殺造成當時政治上的恐怖，使他們常深切地懷抱着憂生念亂之情，並時刻警惕着如何周密地隱蔽自己的實情，但有時仍抑制不住對司馬氏政權的憤怒和抗議。因此，他們的詩歌，在内容方面，以道家思想爲主導，即以道家眼光看待現實的一切，對現存的一切封建制度和社會風習持嚴厲的批判態度，給予無情的揭露和辛辣的嘲諷；他們所衷心向往的則是超現實的廣闊的自然境界，甚至是飄飄恍惚的神仙。而對於人生禍福的憂慮，則常是反復詠嘆而不能自

已的。總之，他們的這種種情緒的抒發，還使人從中感到一些建安時代的慷慨之氣，也體現了這一時期特有的批判精神，是具有一定的現實意義的。他們爲了適應險惡的處境，表達情思常是隱蔽曲折，詩的風格因而沉鬱艱深，又呈現出與建安時代迥異的面貌，也顯示出詩風的新的變化。

二　阮籍

阮籍（二一〇——二六三），字嗣宗，爲阮瑀之子。他早年曾爲大官僚蔣濟、曹爽所辟舉，但都不久即稱病辭去。後來司馬氏父子兄弟相繼執政期間，他常在低微的僚佐職位。他爲了愛好東平的風土，而去做了十天的東平相。又爲羡慕步兵營厨中有美酒而一度做過步兵校尉，所以後世常依他做過的官職稱他爲阮步兵。

《晉書·阮籍傳》説他「本有濟世志，屬魏晉之際，天下多故，名士少有全者，籍由是不與世事，遂酣飲爲常」。他曾登上廣武山觀看楚漢戰場，而嘆息着説：「時無英雄，使竪子成名！」他的《詠懷詩》第三十九首寫道：

> 壯士何慷慨，志欲威八荒。驅車遠行役，受命念自忘。良弓挾烏號，明甲有精光。臨難不顧生，身死魂飛揚。豈爲全軀士，效命爭戰場。忠爲百世榮，義使令名彰。垂聲謝後世，氣節故有常。

從這些可以看出，阮籍原是懷有事業宏願的，但因看到當時政治形勢的危險，便把自己的抱負隱藏起來，而以酣飲來應付一切。司馬昭向他求親，鍾會陰謀從他的談論中找尋陷害他的藉口，都被他以沉醉擋回去。他從不在口頭上批評人物的是非，使司馬昭也不得不佩服他的謹慎。

他雖然在口頭上極力隱諱，不給仇視者以可乘之隙，但却在行爲上以看來似乎消極的頹墮方式，給統治者所提倡的虚僞禮教以有力的衝擊。他在母親死時仍舊飲酒食肉，嫂嫂要歸寧了他趕去送别，這些行爲都是與封建禮教絶不相容的。有人譏誚他不合禮，他説：「禮豈爲我輩設！」他常以白眼對待一班禮俗之士，以致爲禮法之輩的何曾所仇視，主張把他「流之海外，以正風教」。由此可見他的這種行爲在統治集團中所得到的反應效果。究竟阮籍果真要推翻儒家所主張的封建秩序嗎？從他在其《樂論》中所説「先王之爲樂也，將以定萬物之情，一天下之意也。故使其聲平，其容和，下不思上之聲，君不欲臣之色，上下不爭，而忠義成」，可知他所反對的，乃是當時統治者作爲幌子的虚僞禮教，而不是真正儒家所主張的教化原則。所以儘管他自己行爲上那樣放蕩，當他的兒子阮渾也要仿傚他時，他説：「仲容（阮籍的侄兒阮咸字仲容）已豫吾此流，汝不得復爾！」後來戴逵的《放達論》説：「竹林之爲放，有疾而爲顰者也。」確是理解阮籍等人放縱的意義的。

但是，阮籍對於當時世俗的憤嫉情緒，終未含默不言，他在《大人先生傳》中，假託老莊之意，對封建制度的虛僞和罪惡，作了徹底的揭露和盡情的鞭撻：

> 昔者天地開闢，萬物並生：大者恬其性，細者靜其形；陰藏其氣，陽發其精；害無所避，利無所爭；放之不失，收之不盈；亡不爲夭，存不爲壽；福無所得，禍無所咎；各從其命，以度相守；明者不以智勝，暗者不以愚敗；弱者不以迫畏，强者不以力盡。蓋無君而庶物定，無臣而萬事理，保身修性，不違其紀，惟兹若然，故能長久。今汝造音以亂聲，作色以詭形，外易其貌，内隱其情，懷欲以求多，詐僞以要名，君立而虐興，臣設而賊生，坐制禮法，束縛下民，欺愚誑拙，藏智自神，强者睽而凌暴，弱者憔悴而事人，假廉以成貪，内險而外仁。……今汝尊賢以相高，競能以相尚，爭勢以相君，寵貴以相加，驅天下以趣之，此所以上下相殘也。竭天地萬物之至，以奉聲色無窮之欲，此非所以養百姓也。於是懼民之知其然，故重賞以喜之，嚴刑以威之，財匱而賞不供，刑盡而罰不行，乃始有亡國、戮君、潰敗之禍，此非汝君子之爲乎！汝君子之禮法，誠天下殘賊、亂危、死亡之術耳，而乃目以爲美行不易之道，不亦過乎！

在這段文章裏，他對於原始社會那種淳樸風格之嚮往，現在看來是歷史所不許可的開倒車的空想。但在當時歷史條件下，他既不滿於現實，而又找不着合理的前進道路，於是思想很自然地回到傳説中的上古之世。這雖然是一種空想，但却表現了作者嚮往淳樸社會的願望。在這裏作者所揭露的，封建統治者以徹底的虛僞性製造一套封建禮制的目的及産生的後果，是非常深刻盡致的。他們爲了自私目的而製造出的一套禮法，就是禍害天下的亂源。這雖是莊子的舊談，作者却於此作了透闢的闡發和入微的心理刻劃，從而表示他對於禮法的深惡痛絶，也爲我們揭示了封建禮法的階級本質。從阮籍在這裏表現出的思想精神，即可證明他的放縱行爲的意義。他之崇尚老莊，正發揮了老莊思想精神的積極的一面，即是對於封建統治者的批判和反抗，不同於後來許多庸俗輩之以老莊爲腐化生活的粉飾，而是「有疾而爲顰」的。

阮籍的詩作，五言詩八十二首總題爲《詠懷》，另外尚有四言的《詠懷詩》三首，及《大人先生傳》中的《采薪者歌》（雜言）、《大人先生歌》（楚辭體）各一首。我們所應注意的是《詠懷》八十二首。這八十二首詩是阮籍整個人生思想感情的總匯。它們並非一時的作品，而是作者隨感的輯録。整個《詠懷》詩的思想感情，大多是對於人生的憂慮及對時世的諷刺，而這一切乃是通過各類的生活内容多方面地表達出來，呈現出非常複雜的現象，使讀者感到難於捉摸，正如鍾嶸《詩品》所説的：「言在耳目之内，情寄八荒之表，……厥旨淵放，歸趣難求。」但如結合當時的政局和他的處境仔細探索，是可以意識到他所寓託的思想感情的。而他寓託在許多詩篇中的

複雜的思想感情，又往往是互相聯繫着的。

《詠懷》詩的第一首是整個八十二首的序曲：

夜中不能寐，起坐彈鳴琴。薄帷鑒明月，清風吹我衿。孤鴻號外野，朔鳥鳴北林。徘徊將何見？憂思獨傷心。

在這首詩中，詩人給我們顯示了他自己孤獨無偶而萬感交集的憂鬱形象。他大量的詠懷詩篇，即是他的深刻憂鬱情緒的宛轉曲折的吐露，如下面幾首所描寫的：

嘉樹下成蹊，東園桃與李，秋風吹飛藿，零落從此始。繁華有憔悴，堂上生荊杞，驅馬舍之去，去上西山趾。一身不自保，何況戀妻子！凝霜被野草，歲暮亦云已。

昔聞東陵瓜，近在青門外，連畛距阡陌，子母相鉤帶，五色曜朝日，嘉賓四面會。膏火自煎熬，多財爲患害，布衣可終身，寵禄豈足賴！

楊朱泣歧路，墨子悲染絲，揖讓長離别，飄颻難與期。豈徒燕婉情，存亡誠有之。蕭索人所悲，禍釁不可辭。趙女媚中山，謙柔愈見欺，嗟嗟塗上士，何用自保持？

一日復一夕，一夕復一朝，顔色改平常，精神自損消。胸中懷湯火，變化故相招，萬事無窮極，知謀苦不饒。但恐須臾間，魂氣隨風飄，終身履薄冰，誰知我心焦！

貫注在這些詩篇裏的中心情緒，乃是對於人世禍患的憂懼。由於當時政治局勢的險惡，使他感到人生道途之多危機而難於自處，於是對於人世榮華採取堅決的否定態度；而一班犯冒危禍以追求寵禄者，在他看來是極可悲憫的，倒不如布衣之可安然無患。這些詩篇裏，即交織着他的這樣複雜深切的思想情緒。但他對於現實並不是漠不關心的，有時也思有所作爲，可是感到孤掌難鳴，衹有默然自甘憔悴，如下詩所抒寫的：

徘徊蓬池上，還顧望大梁，緑水揚洪波，曠野莽茫茫，走獸交横馳，飛鳥相隨翔。是時鶉火中，日月正相望，朔風厲嚴寒，陰氣下微霜，羈旅無儔匹，俯仰懷哀傷。小人計其功，君子道其常，豈惜終憔悴，詠言著斯章。

何焯認爲這首詩反映的是嘉平六年的政局，這年九月司馬師廢掉了皇帝曹芳，這是曹魏王朝極端嚴重的事件。詩中「緑水揚洪波」四句，以比興的手法，形象地烘染出當時急劇緊張的政治氣氛。詩人以忠於曹魏王朝的心情，面對這樣嚴重的政治局勢，深感自己無能爲力，衹能消極隱忍，但又終不甘心，於是「詠言著斯章」，以表白自己當時的政治態度。詩人身處當時那樣的政局下，既不甘心，又無能爲力，在這種矛盾心情下，常常衹想高舉遠行以自超脱。儘管他的思想感情如此浪漫，但他仍是生活在他所畏懼的現實中，而人生禍患常是籠罩着他，使他常陷於進退維谷而無以

自解的矛盾中：

天網彌四野，六翮掩不舒，隨波紛綸客，泛泛若浮鳧。生命無期度，朝夕有不虞。列仙停修齡，養志在冲虛，飄飖雲日間，邈與世路殊。榮名非己寶，聲色焉足娛！採藥無旋返，神仙志不符。逼此良可惑，令我久躊躇。

在這首詩中，就是矛盾複雜的思想感情反復零亂地交織着，深感無處自處的。這一切的思想感情，雖是從他所處的時代環境中產生，也是從歷史上許多人的人生經驗中總結出來的。因此，它在我國封建社會中有其普遍意義，而具有激動讀者心情的巨大力量。我們在這裏必須明白，阮籍這種複雜矛盾的思想感情之所以產生，即由於他抱有不甘與司馬氏合作的政治態度，不然，一切問題都可不存在了。他的這種政治態度，在其某些詩篇中隱約地露出過一些，而在對勢利之徒及虛僞禮教的譏刺中，則表現得鮮明强烈：

洪生資制度，被服正有常。尊卑設次序，事物齊紀綱，容飾整顔色，磬折執圭璋。堂上置玄酒，室中盛稻粱；外厲貞素談，户内滅芬芳；放口從衷出，復説道義方；委曲周旋儀，姿態愁我腸。

在這首詩中，詩人把封建統治者那種内一套而外一套的虛僞醜態，描繪得可謂淋漓盡致了。司馬氏的貴族統治集團，正是以那樣嚴肅正經舉止，掩飾他們腐朽透頂的荒淫生活的。這就是他的詩歌的强烈的現實主義精神所在。

但是，這裏必須指出，阮籍和嵇康對司馬氏的鬥爭，仍是統治階級内部的鬥爭。它的深刻的意義，衹限於對司馬氏所標舉的封建禮制的虛僞性的攻擊，並未企圖從根本上動摇封建制度。雖然有時看來他們似乎要否定一切現存制度，但那些衹是策略性的過激之論，不能看作他們的本意。因此，他們的鬥爭，與人民反封建的鬥爭就有着本質的區别。由於階級的局限，他們鬥爭的方式，雖也有積極地對司馬氏政權的攻擊和揭露，但更突出的是以放縱不羈的言論和行爲，表示對司馬氏政權的輕蔑及不合作。這類言論和行爲，在當時雖有其一定的鬥爭意義，但在其後常被統治階級作爲生活上縱情腐化墮落的藉口，對於政治及社會風俗有着巨大而深遠的不良影響。

在阮籍的《詠懷》詩中，我們可看到與建安時代顯著不同的藝術特點。這種特點首先表現在道家思想在詩中占主導地位。但他並非如東晉許多詩人所作的那樣，而是以道家眼光看待一切現實生活，是抒情而非説理。其次是在於他的思想感情乃是以壯麗的辭藻，曲折隱蔽地表達出來，往往言在此而意在彼，非如建安時代之顯露的抒發。再就是運用典故較多，這一方面是爲了便於隱蔽自己的思想感情，因爲把一切寄託於古代人事，比之直接抒寫可以避免觸犯禍患；再則因爲

他的思想感情也是從無數古人的生活經驗中總結出，也就必然要牽涉到古代許多人的生活事實。由於思想感情的表達之曲折隱蔽，使用典故之較多，所以使得他的詩較難爲人所理解。他的這幾個藝術特點，完全是由他所處的時代環境所決定的。到了晉代，我們可看到阮籍詩歌的各種藝術特點，在不同時期和個别作家中的進一步發展。因此，阮籍的詩，在魏晉之間詩風的轉變趨勢上是有着關鍵性的影響的。而在唐代，從陳子昂的《感遇》到李白的《古風》詩中，我們可察覺出它們和《詠懷》詩的傳承關係，儘管它們仍各自具有不同的風格面貌。

三　嵇康

嵇康（二二三—二六二），字叔夜，譙郡銍縣（今河南省夏邑附近）人。他與魏的宗室有婚姻關係，曾爲魏的中散大夫。他不僅有淵博的學問，而且有卓越的音樂天才。他的政治態度和阮籍一致，而比阮籍表現得更爲顯露分明。阮籍還在表面上與司馬氏相周旋，而嵇康竟公開宣告拒絶與司馬氏合作，當毋丘儉在淮南起兵討司馬師時，他曾企圖起義響應。他的朋友孫登曾規誡他説：「君性烈而才雋，其能免乎！」後來他在司馬昭的親信吕巽與其弟吕安的家庭糾紛中，爲吕安作正義的辯護，與吕安同被拘捕。而吕安「亦至烈，有濟世才力」。於是曾受嵇康輕蔑的司馬昭的另一親信鍾會，勸司馬昭藉此機會殺掉了他們。嵇康被殺時，曾有三千太學生請求以他爲師，由此可見他當時在學術界的名望。他既有如此崇高的名望，而又顯然與司馬氏政權爲敵，這就使得司馬氏非殺害他不可了。嵇康被殺的理由，衹是因爲吕巽姦淫了吕安的妻子而反誣吕安以不孝的罪名，而嵇康爲吕安辯護即是與不孝人爲黨，都違犯了名教。就是這種虚僞名教的罪名，仍衹是個幌子，實乃是由於他們二人的桀驁不馴，會於司馬氏的政權有所不利。由嵇康等的被殺，充分顯示了司馬氏集團的卑鄙狠毒，而另一方面也充分顯示了嵇康不屈服於邪惡勢力的高貴品質。

嵇康是極力崇尚自然以反對虚僞的禮俗的。他在許多論文中，以精練名理的精神，闡發自然的意義，駁斥世俗一些虚僞的説教。他在《釋私論》中闡釋公和私的區别就是真和僞的區别，如果爲善而有隱情仍不能不謂之爲私，有不善之情而顯於外仍不能謂之爲不公。衹有越名教而任自然，是非不容於心，而行不違乎大道，纔可稱爲君子。他在《難自然好學論》中，認爲好學乃是統治者以榮利引誘的結果，人們習慣於以學爲達到利禄的手段，久之好似自然的了。而所學的六經的作用，衹是在人的性情中抑制其某些部分而引導出某些部分，使之便於接受統治，這乃是不合於人性之自然的。這些都是在理論根本上對統治者所標舉的虚僞禮教給予的致命摧擊。

他在《與山巨源絶交書》中更是公開地宣告和司馬氏政權的決裂。山濤薦舉他做官，他認爲是對他的深仇重恨。他把禄位看作腐臭的死鼠，藉以表示對當時政權的對立的態度。這種態度

更痛快淋漓地顯示在他對自己性情的表白上。他盡致地表白了他喜愛什麽和憎惡什麽。他所喜愛的乃是自由放縱的生活。他在對自己自由放縱生活的描述中，極端顯示了他對當時世俗的傲慢輕蔑。他對當時世俗的憎惡，更充分地表現在「七不堪」和「二不可」中。在「七不堪」中，他以放任自然的情調，對照地描繪出官場生活之齷齪而不可忍耐，這實際上是對司馬氏政權的嘲諷奚落。而「二不可」則是對司馬氏政權無情的正面攻擊。司馬昭之惱恨他「非湯武，薄周孔」，而終於採納鍾會的陰謀殺害他，即由於他尖鋭地刺中了司馬氏虛僞禮教的要害。在他的愛好和憎惡中，充分顯示了他的鮮明强烈的個性。而貫注在整個書信中的乃是他崇尚自然的精神，他即以這種精神對他所痛惡的現實進行堅强不屈的反抗攻擊。這裏我們也須注意，他的這種精神及所由產生的行爲，和阮籍一樣，乃是人生的一種病態，這雖然是從其當時現實的病情發出，所謂「有疾而爲顰」的，但也祇是他們所屬的階級所特有的，也就是他們階級局限性的表現。後來兩晉統治貴族那種放縱頽墮的生活作風，固然乃其腐化的階級生活中所必有的，但他們却從嵇、阮身上藉得掩飾的冠冕，靦然以清高相尚，也確是嵇、阮流風的嚴重惡劣的影響。

嵇康現存的詩歌不過五十多首，多半是四言，五言僅有十首，其中還有雜言十一首。他的詩歌，感情基本上和阮籍一樣，也是在當時恐怖政局下的曲折複雜感情的反映。他的一首四言體的《幽憤詩》是他的這種感情的最强烈的體現。這首詩乃因吕安事件被牽連誣網而被拘捕獄中時所作。所謂「幽憤」，即被幽囚而發的憤慨。他在這首詩中所表現的情緒，主要的是追咎自己不善於處世，以致遭受幽囚的摧辱，而嘆慕人生自由生活之難重得。從詩中可看出他生活中的這許多矛盾：他愛好自然的個性使他極力想超脱現實，但他所生活的現實社會又激着他不能不明辨是非——「爰及冠帶，馮寵自放，抗心希古，任其所尚。託好老莊，賤物貴身，志在守樸，養素全真。……民之多僻，政不由己，惟此褊心，顯明臧否。」因此，他雖力圖避免人世禍患，而仍不能不招怨上身——「欲寡其過，謗議沸騰，性不傷物，頻致怨憎。」也就因此，使得一個愛好自由的人，終於陷身囹圄而遭受重大的精神摧辱——「理弊患結，卒致囹圄，對答鄙訊，縶此幽阻，實恥訟免，時不我與，雖曰義直，神辱志沮，澡身滄浪，豈云能補！」而詩的後面所說：「古人有言，善莫近名，奉時恭默，咎悔不生。」乃是他的痛苦的人生經驗的總結。他之所以招致咎悔，即因享有高名而不能「奉時恭默」。因此，從這首詩中所反映的他的性格和現實生活的矛盾，表明了他的人生命運的悲劇性質。他的悲劇性的人生命運，正顯示了當時社會現實的黑暗。生活在黑暗的封建社會中的正直的人，其人生結局必然是悲劇性的，這是一個普遍的規律，而嵇康的悲劇性的人生命運，則更典型地反映了這一規律。

嵇康還有較重要的詩作爲《贈兄秀才入軍》十八首，這十八首都是四言，各本並五言一首合

爲一組共十九首，題名略有歧異，當從魯迅校《嵇康集》，將五言一首分開爲宜。嵇康之兄名喜，字公穆，被薦舉入司馬氏的軍幕，嵇康寫了這十八首詩送嵇喜。詩的内容，多用比興手法，大致先敍寫兄弟相偕優遊之樂，和别後獨游時對其兄的懷念，以及獨自放任於大自然界的暢適情調。嵇康以其與司馬氏對立的態度，是不滿於其兄之投身入司馬氏集團的。他在詩中曾説：

所親安在？舍我遠邁，棄此蓀芷，襲彼蕭艾。

這顯然認爲嵇喜是棄芳潔而取污臭了。他在别後思念其兄時，想象嵇喜在軍中的得意神氣：

良馬既閑，麗服有暉，左攬繁弱，右接忘歸，風馳電逝，躡景追飛，凌厲中原，顧盼生姿。

而他自己的生活呢，則是：

息徒蘭圃，秣馬華山，流磻平皋，垂綸長川。目送歸鴻，手揮五弦，俯仰自得，遊心太玄。

嘉彼釣叟，得魚忘筌，郢人逝矣，誰與盡言！

在這首詩中，使人充分感到他那種縱心自然的悠揚高遠情調，這種生活情調，與其兄的得意神氣正是迥然對立的。從這兩相對照的描寫中，顯示了他對這兩種生活的評價，亦即表明了他對現實的態度，就是他以對清美的自然界生活的愛賞，寓託了他對司馬氏當道的現實的蔑棄。另一首内容一致的五言詩，魯迅的《嵇康集》校本題作《五言古意》，於題下注云「各本皆爲贈公穆詩」，當

是於十八首四言外重贈的，語意尤爲警切。如云：

鳥盡良弓藏，謀極身心危，吉凶雖在己，世路多嶮巇。安得反初服，抱玉寶六奇！逍遥游太清，携手長相隨。

對於置身於當時政治漩渦中的危機，是警惕至深的。嵇康的四言詩，從表現手法到運用語言，都是從《詩經》的「風」、「雅」中吸取融煉出來，而於其中貫注着他自己的生活實感和高遠情調，讀來感到和諧流暢，不似漢初文人四言詩之給人以呆板滯澀奄奄一息之感。尤其是《贈兄秀才入軍》十八首，藉大量自然景物以抒發其真摯情感和曠適襟懷，使其篇章焕發出清美新鮮的色彩。

四言詩在漢代以後，由於句式短促，很難被用來表現後代較繁複的生活，漢初文人在這種文體的創作中，缺乏動人的激情，徒事形式的摹仿，所以很少有成功的作品，但曹操、嵇康和其後的陶淵明却都在這方面有較好的成就。鍾嶸在《詩品序》中曾指出四言詩的特點是「文約意廣」，就是文字簡約而涵意廣闊。但這種特點應是所有各種形式的詩歌所必具的，不過四言詩由於句子的字少而特别重要。還有一點，四言句式由於字少而且是偶數，運用起來很容易陷於呆滯，必須以充沛的感情驅動它。曹操等人所以有較好的四言詩，即在於他們能把握住這一形式的特點，而注以充沛的感情。由此可見，任何一種文學藝術形式，固然在選擇所要表現的生活内容上有一

定的局限性，但並非絶對的，祇要作者具有充分真實的思想感情，而能準確地把握所運用的藝術形式的特點，那種藝術形式仍可充分發揮其對内容的表現作用的。不過，由於五言句式靈活，在它盛行之後，作者更多地喜愛運用它，而漸少去注意四言了，但決不能由此就認爲四言的形式已經僵化，不能再被利用，嵇康等人在四言詩上的成就即可破除這種説法的謬誤。當然，由於社會生活不斷演進，新的文學藝術形式不斷産生，新的形式具有更優越的表現力，它就必然要取代舊形式原來的地位。魏晉以後的詩歌，五言之代替四言，成爲普遍運用的詩歌體式，即明白體現了文學形式發展的這一客觀規律。

四　魏末其他詩人

與阮籍、嵇康同時的詩人，還有應璩、應瑗、杜摯、何晏、左延年等，其中以應璩、左延年的作品比較值得注意。

應璩（？—二五二）是建安七子之一應瑒的弟弟，齊王曹芳時曾任侍中、大將軍長史等職。據史書記載，曹爽當政時，做了許多不合法的事，應璩曾作詩進行諷刺。他的詩帶有格言般的道德説教意味，有的是自戒不要苟且求進，有的是警告執政者應慎重細微之處，無論是自戒或警告執政者，都是着眼在防患於未然，透露了當時政治鬥爭的危險信息。由於陳説事理重要警切，語言都很直質而缺乏文采。下面録示二首：

下流不可處，君子慎厥初，名高不宿著，易用受侵誣。前者隳官去，有人適我閭，田家無所有，酌醴焚枯魚。問我何功德，三入承明廬。所占於此土，是謂仁智居。文章不經國，筐篋無尺書，用等稱才學？往往見嘆譽。避席跪自陳，賤子實空虚。宋人遇周客，慚愧靡所如。（《百一詩》）

細微可不慎！堤潰自蟻穴；腠理蚤從事，安復勞針石！哲人睹未形，愚夫暗明白。曲突不見賓，燋爛爲上客。思願獻良規，江海倘不逆。狂言雖寡善，猶有如鷄跖，鷄跖食不已，齊王爲肥澤。（《雜詩》）

前首題名「百一」，意思是所言當有百分之一的可取之處，是自謙的説法。次首前端六句確是古今不易的至理名言，而「曲突不見賓，燋爛爲上客」，也是歷史上常見的事例。這些如當作是針刺曹爽的並不是不可的。他的《百一詩》的另一首説：「奈何季世人，侈靡在宮墻，飾巧無窮極，土木被未（按疑當作朱）光。徵求傾四海，雅意猶未康。」其針對性尤爲明顯。

左延年的一首《秦女休行》，内容是很不尋常的：

步出上西門，遥望秦氏廬，秦氏有好女，自名爲女休。休年十四五，爲宗行報仇。左執白

楊刃，右據魯宛矛。仇家便東南，仆僵秦女休。女休西上山，上山四五里，關吏呵問女休，女休前置詞：「平生爲燕王婦，於今爲詔獄囚；平生衣冠參差，當今無領襦。明知殺人當死，兄言怏怏，弟言無道憂。女休堅詞，爲宗報仇死不疑。殺人都市中，徼我都巷西。」丞卿羅東向坐，女休凄凄曳梏前。兩徒夾我，持刀刃五尺餘。刀未下，朣朧擊鼓赦書下。

據《晉書·樂志》説：「黄初中，左延年以新聲被寵。」可知左延年是當時的一位音樂藝術家，這首詩當是他從民間流傳歌曲進行加工，供演奏之用的。曹魏時，留存下來的民歌極少，這首雖是加了工而民歌氣質仍極重的作品，確是很可貴的。這首在藝術上雖還粗野的作品，形象却很鮮明，那種「爲宗報仇死不疑」的英勇堅定的氣概，是足以令人崇敬的。這首詩的發端，仍是襲用《陌上桑》的寫法。「平生爲燕王婦」表明女休的身份，未必屬實，不過爲了顯示女休的俠烈義勇，爲了報仇，不惜犧牲自己的貴族生活享受以至生命，這樣極度的誇張，和羅敷抬出她的夫婿的地位風度，精神上是一致的。後來晉代傅玄運用同一樂府題，描寫「龐氏有烈婦」，比起原作，情節較周密，内容更充實，藝術上也進一步的完美。李白接着不僅襲用原題，甚至完全依據左延年的内容，加以提煉，從語言到結構以至構成的人物形象，都達到了高度的精練，追溯本源，左氏藍本的作用是重要的。

另外還值得一提的是何晏，他是司馬懿對曹爽政治集團大屠殺中的被害者。他有一首《擬古》詩：

雙鶴比翼游，羣飛戲太清，常恐失網羅，憂禍一旦並。豈若集五湖，順流唼浮萍，逍遥放志意，何爲怵惕驚！

從中也可看出作者對當時政治危機的預感，因而流露出進退之間的矛盾情緒，和嵇、阮一致，散發着這一歷史時期的政治氣息。

第二節　晉代詩風的變化

一　晉代詩歌的社會背景及發展趨勢

晉代（二六五—四二〇）是各種社會矛盾複雜交織的時代。晉政權的建立是得力於世族官僚的支持，因而它在建立之初即積極推行曹魏創立的「九品中正」的用人制度，於是形成「上品無寒門，下品無勢族」的政治局面，這就產生了地主階級中寒門與勢族的對立。晉王朝出於極端自私的政治策略，於建立之初即大封宗室爲王，並賦予地方的兵民大權，乃釀成歷史上有名的「八王之亂」，使晉王朝自陷於傾覆，導致各地少數民族入據中原後的長期戰亂。隨着司馬氏在江南重建偏安的政權，又相繼發生王敦、蘇峻、桓玄等軍閥的叛亂，及孫恩、盧循領導的農民起義。這些統治

階級和人民的、統治階級内部的以及民族間的各種矛盾的交織，就是當時詩人們生活的社會現實。可是，由於這時的詩人都是出身於封建地主階級，而且多是屬於統治階級上層的，一般都脱離人民而無視於現實的重大方面，所以當時民族的和人民與統治階級的矛盾，在他們的作品中獲得的反映極少。他們的注意力，更多地投在與他們政治命運密切相關的統治階級内部矛盾上，所以在他們詩歌的内容裏，現實主義精神是很微弱的，間或有些在統治階級内部鬥爭中矛盾情緒的曲折反映。

從晉武帝司馬炎的太康年間起，約有二十多年時間，是緊承建安至魏末的又一個詩歌繁榮的時代。鍾嶸的《詩品序》曾描述這一時期的詩壇盛況：「太康中，三張（張華、張載、張協）二陸（陸機、陸雲），兩潘（潘岳、潘尼）一左（左思），勃爾復興，踵武前王，風流未沫，亦文章之中興也。」此外如傅玄、王讚、孫楚等人，也各有爲人稱道的名篇的。

晉代初期詩歌之所以「勃爾復興」，我們應從文學和社會兩方面的情況來瞭解。詩歌風氣在建安時代已大暢開，並在建安及魏代詩人的努力創作下，留下豐富的足供學習揣摩的典範。而建安時代詩歌的創作，其藝術形式已開始趨向精美的道路，但在加工程度上還留下大片足供騁力的餘地。由於時代的接近，這一切對於晉初詩人是不能不起着啓發引誘作用的。晉朝雖是以武力平定吴蜀而統一中國，但那兩次戰役都在極短的時間内順利結束，整個中國社會並未受到戰爭的破壞，而一切享有文化教養的士大夫的經濟地位也未受到損害，所以他們儘可於安定的生活中，以充足的力量從事於文學的修養和創作，如陸機於吴國亡後仍能閉户讀書十年，而左思以十年的工夫進行《三都賦》的創作，都可證明當時安定的生活給予了他們的文學修養和創作非常有利的條件。

這一時期詩歌表現出的顯著的一般特徵，乃是作品的思想性與藝術性之間呈現較大的距離。這一時期的文人，繼承建安時代文學形式趨向精美的風氣，並有力量從事藝術形式的追求，以與前人爭勝，故在藝術形式上的加工不遺餘力，在語言上追求聲色之美，在句法上講求對偶整齊，因此逐漸發展了文學創作的駢儷之風，而詩歌在這種風氣影響下的同時，也失掉建安時代所具有的民歌氣質。這一時期，先在宫廷内進行的掌握統治權的鬥爭非常尖鋭急劇，當時許多詩人如張華、潘岳、石崇、歐陽建等如飛蛾般紛紛碎身於鬥爭的烈火中。而作爲抒情工具的詩歌，對於他們親臨的這種政治巨浪，簡直没有什麽鮮明的反映，衹是偶爾流露一點在政治道路上進退之間的矛盾心情，如張華在《答何劭》中所表示的：「忝荷既過任，白日已西傾，道長苦智短，責重困才輕。周任有遺規，其言明且清，負乘爲我戒，夕惕坐自驚。」一般的常在時節景物的變易上抒寫些輕淡的哀感，其中也夾雜着一些政治上的苦悶心情。鍾嶸評張華説他「風雲氣少」，其實這時詩人的創作普遍是如此。而泛濫在他們篇章中的則是一些官場中的應酬之

作，使人感到庸俗而難於讀下去。就是所謂「太康之英」（鍾嶸語）的陸機，衹是篇章較同時詩人富麗，內容很缺乏高遠的意義。這時衹有左思在其《詠史》詩中，表示出對於高門世族把持政權的憤慨，抒發出卓越時輩的高尚志氣和情操，具有較高的現實意義，風格也剛健明朗，重振了一下建安時代的現實主義精神。

到了懷帝永嘉（三〇七—三一三）年代，以王衍、庾敳（音皚）爲首的大官僚崇尚老莊虛談，在士大夫階級中形成盛極一時的風氣。這種風氣影響到詩歌，就使詩歌「理過其辭，淡乎寡味」（鍾嶸《詩品序》）。這種「寡味」的作品，已經爲時間所淘汰，我們無從窺見，衹是從前人的評論中略知其消息而已。此後不久，司馬氏在中原地區的統治權，在少數民族紛起圍攻下瓦解，北中國即形成黑暗的混亂局面，幸存的士大夫紛紛逃避到江南，衹有劉琨以并州（今山西省太原市）一隅之地，獨力與胡羯相周旋，偶或以詩歌抒發其忠憤之慨，在寂寞的詩壇上發出幾聲清響。但因他當時孤立於敵人的包圍中，志在爲國家消除危難，並非專意致力於詩歌，所以在當時得到的反應極少。他的詩歌，除了明顯地反映出當時的民族矛盾，同時也反映出了當時統治階級內部的矛盾，在那個時代是極爲難得可貴的。

晉王朝偏安江南後，逃避到江南的士大夫，把清談之風帶到江南並加以發展，以爲他們腐化生活的掩飾。這種清談之風影響到詩歌，所以儘管處在那樣巨大的動亂時代，而詩壇却反而異常消沉。《文心雕龍·時序篇》曾精確地指出這種情況：「自中朝貴玄，江左稱盛，因談餘氣，流爲文體，是以世極迍邅，而辭意夷泰，詩必柱下之旨歸，賦乃漆園之義疏，故知文變染乎世情，興廢係乎時序。」而《詩品序》也說這時詩「皆平典似道德論」。作爲這種詩風的代表作家有孫綽和許詢。由於他們在當時享有高名，在他們的影響下，這種風氣幾乎統治了整個東晉的詩壇。在當時一次有名的蘭亭集會中，名士們賦的詩幾達四十篇，都是就眼前景物及道家哲理略事敷衍，簡直沒有一首值得注意的。今存的許詢詩衹有《竹扇》一首，而孫綽的許多四言詩，其內容確都有如劉勰、鍾嶸所說的。下面舉其《答許詢》的一章，以示一斑：

遺榮榮在，外身身全，卓哉先師，修德就閑。散以玄風，滌以清川，或步崇基，或恬蒙園，道足胸懷，神棲浩然。

儘管如此，但東晉的詩壇，並未完全寂寞冷落下來。在東晉初期，郭璞從不滿於現實出發，以浪漫的想象，寫下十數首《遊仙》詩篇。這些詩篇，實質上仍是詠懷之作，抒發了對不合理的現實的抵觸情緒。到了東晉末期，陶淵明的出現，不僅在東晉，而且在我國中古時期的詩壇上，高揚起清美的光輝。他在其詩歌中，顯示了對不合理的現實的批判，而他的作品所獨具的樸素自然的風

格，在當時崇尚辭藻的文學風氣籠罩下，尤覺卓越可貴。不過，由於郭璞獨處於玄風熾盛之際，而陶淵明在當時名位低微，因此，他們的作風，在當時未產生大的影響。

二　陸機與潘岳

（一）陸　機

陸機（二六一—三〇三）字士衡，他的祖父遜和父親抗都是吴國的重臣。吴國亡時，機年二十，乃閉户讀書十年，於晉武帝太康末年，與弟雲（字士龍）同到洛陽，大爲張華所賞識。機自負才名，亟欲有所作爲，遂投身入權貴們翻覆混亂的政治鬥爭中，後爲成都王司馬穎督率大軍，與長沙王司馬乂作戰大敗，被小人所讒陷，與弟雲同爲司馬穎所族誅。

陸機和潘岳同是西晉時代的文學代表作家，而陸機尤具有代表性。他的文學創作，就數量言，在當時作家中最爲豐富；就藝術技巧言，無論是賦、論或其他雜體文，都達到高度完美的藝術境地。他的作品中所表現的思想意義，一般都不高，但如其在《辯亡論》中，把吴之亡歸咎於失去人心，是比較卓越的。其他如《豪士賦》之譏刺司馬冏矜功自伐以致身遭屠戮，《弔魏武帝文》嘲諷曹操建立了蓋世功業而終不免留情於閨房瑣細之事，《演連珠》五十首則以多種巧妙的比喻零碎地闡明人事上許多片段的道理，這些作品的内容，不能説没有一定的意義，但由於一般都局限在統治階級内部人事問題上，因而意義就不重大。而其《五等論》甚至主張恢復古代的五等封建制度，更是違反社會發展趨勢的學究式的看法。他的這些作品，過去還能爲人所稱道，並引起許多讀者一定的愛好，主要在於作者在其豐厚的學問基礎上，善於運用繁麗的辭藻，將其所具有的一定意義作了透闢精巧的闡發。因此，我們可以説，陸機在文學上的成就，主要在於他豐厚的學問和高度的藝術技巧發揮了充分的表達作用，這對於以後文學創作極力追求形式的精美是有着重大影響的。

陸機的詩歌與他的生活聯繫得較爲密切，就是説他的生活情緒在其詩歌中有較多的反映。下面略舉幾首以爲例證：

門有車馬客，駕言發故鄉，念君久不歸，濡跡涉江湘。投袂赴門涂，攬衣不及裳，拊膺攜客泣，掩泪敍悲涼。藉問邦族間，惻愴論存亡，親友多零落，舊齒皆凋喪。市朝互遷易，城闕或丘荒，墳壠日月多，松柏鬱茫茫。天道信崇替，人生安得長！慷慨唯平生，俯仰獨悲傷。（《門有車馬客行》）

渴不飲盜泉水，熱不息惡木陰，惡木豈無陰，志士多苦心。整駕肅時命，杖策將遠尋，饑食猛虎窟，寒棲野雀林。日歸功未建，時往歲載陰。崇雲臨岸駭，鳴條隨風吟。靜言幽谷底，長嘯高山岑，急弦無懦響，亮節難爲音。人生誠未易，曷云開此襟，眷我耿介懷，俯仰愧古今。

（《猛虎行》）

總轡登上路，嗚咽辭密親，藉問子何之？世網嬰我身。永嘆遵北渚，遺思結南津。行行遂已遠，野途曠無人，山澤紛紆餘，林薄杳阡眠。虎嘯深谷底，鷄鳴高樹巔，哀風中夜流，孤獸更我前。悲情觸物感，沈思鬱纏綿，佇立望故鄉，顧影凄自憐。（《赴洛道中作》其一）

遠游越山川，山川修且廣，振策陟崇丘，案轡遵平莽。夕息抱影寐，朝徂銜思往，頓轡倚嵩巖，側聽悲風響。清露墜素輝，明月一何朗，撫幾不能寐，振衣獨長想。（《赴洛道中作》其二）

明發心不夷，振衣聊躑躅，躑躅欲安之，幽人在浚穀。朝採南澗藻，夕息西山足，輕條像雲構，密葉成翠幄，激楚佇蘭林，回芳薄秀木。山溜何泠泠，飛泉漱鳴玉，哀音附靈波，頹響赴曾曲。至樂非有假，安事澆淳樸，富貴苟難圖，稅駕從所欲。（《招隱詩》）

在《門有車馬客行》中所表現的，顯然是對於吳國滅亡所懷抱的餘痛心情。其他幾首所寫的，則是作者在社會活動的道途中的種種感觸，其中也約略吐露了他在進退之間的矛盾情緒。由於他的家庭出身和個人志氣，使他不得不勉力奔赴於政治道途。但一顧慮到道途的艱阻，他的意念中也曾偶爾萌發一點退却思想，可是終於前進着，但他的心情却是沉重的。在這些詩篇中，我們看到了許多對於自然景物的描寫，而且形象非常清美。如「頓轡倚嵩巖，側聽悲風響，清露墜素輝，明月一何朗」。當停靠在山巖下休息時，一下被山風驚醒，看到面前發光的露水墜落，再一仰望天空，明月多麼清朗啊！清美的月夜景象及作者的感受過程，在作者筆下呈現得非常明晰。這些清美的自然景象，在同時的其他詩人的篇章中也常可見到，這也顯示了詩壇上的一種新的情況，即廣大的自然界的一切，也逐漸在向詩人筆下奔赴，將成爲詩歌內容的一個重要部分了。

天道夷且簡，人道險而難，休咎相乘躡，翻復若波瀾。去疾苦不遠，疑似實生患，近火固宜熱，履冰豈惡寒。掇蜂滅天道，拾塵惑孔顔，逐臣尚何有，棄友焉足嘆！福鐘恒有兆，禍集非無端，天損未易辭，人益猶可歡，朗鑒豈遠假，取之在傾冠，近情苦自信，君子防未然。（《君子行》）

《君子行》更是他置身於復雜的政治鬥爭環境中的切身感覺。他感到人生禍福變化多端，有時可在行爲上招致重大的誤會，但終以爲人爲的努力可以防患於未然。就由於這種思想的支配，他不畏情勢的險惡而鋭意追逐於復雜的政治鬥爭中，終於遭受覆滅之禍。他在這裏所表現的積極的處世精神，正是他熱衷於功名的情緒的表現。但由於他缺乏遠見，這種精神剛好被錯誤地運用以危害了自己。

陸機詩的顯著特點，在於他在語言上的過分加工，這一方面表現在他用字的極力求深奧而避

免淺近，因此使他的詩距通俗更遠。這種情況，在上面所舉各詩中隨處可見，而他的擬古詩中，表現得尤爲顯著，如《古詩》：「涉江採芙蓉，蘭澤多芳草。」而他的擬作則是「上山採瓊蕊，窮谷饒芳蘭」。從這個比較中可明顯看到他在語言上的有意求深。又如「天損未易辭，人益猶可歡」，把自己的思想，藉古人的成言來表達，而那些成言所包含的內容，不是單從文字本身的含義所能完全理解的，這樣就增加了他的語言的曲折性，這也是他文字極力求深的一種方式。這種方式給予後來文人的影響，就是用字必求有出處，使語言失去生動的形象性，衹是概念的組合。他在語言上過分求工的另一方面乃是着意求辭句的整對。從前所舉的「天損未易辭，人益猶可歡」即可看出這種情況。而從《赴洛》其二的詩句「思樂樂誰誘，曰歸歸未克」，尤可看出其着意講求辭句整對的痕跡。其後文章駢儷風氣的暢開，陸機在詩文上的作風是起着重大作用的。又如「日歸功未建，時往歲載陰」，「永嘆遵北渚，遺思結南津」，爲了求辭句的整對，把一個意思展爲兩句，這樣就使其辭句不免於煩累冗復的毛病。所以孫綽曾說「陸文深而蕪」（《世說新語·文學篇》），極爲恰當。

這種深蕪的現象，在陸機的其他各體文章中尤爲突出。《文心雕龍·才略篇》也這樣批評他說：「陸機才欲窺深，辭務索廣，故思能入巧，而不制繁。」《熔裁》也說：「士衡才優，而綴辭尤繁，……而《文賦》以爲榛楛勿剪，庸音足曲，其識非不鑒，乃情苦芟繁也。」陸機之追求文辭的繁富，乃是爲了力求更充分地闡發其文章的內容，以增強其說服力，這種藝術效果也確實能在讀者心中收取到。但由於其文辭之過分繁縟，不得不使讀者對其作品產生文過其質之感。在他這種創作傾向下，文學風氣也就更易導向形式主義的道路。後來南北朝一般文人創作之專重形式，其最主要的原因固在於他們生活之腐化空虛，和當時整個文學發展的大勢所趨，而陸機的作風所給予的影響，也是不可否認的。

（二）潘　岳

潘岳（二四七—三〇〇），字安仁，滎陽中牟人，曾任河陽、懷、長安諸縣令，以至散騎侍郎。司馬倫專政時，爲倫的親信孫秀所誣陷，與石崇、歐陽建等同被殺，並夷三族。

潘岳在西晉文壇上和陸機齊名，被並稱爲「潘陸」。潘岳作品的風格，雖然辭藻華美，但比陸機顯得明淨疏暢。他的文學創作方面也是較廣的，在當時最負盛名的是賦誄，而詩作並不多。

他的詩作中較有意義的是一首四言體的《關中詩》。全詩共分十六章，每章八句。惠帝元康六年（二九六），居住關中的氐、羌族人民，因不堪晉王朝的殘酷鎮壓而造起反來，這首詩即敘寫了這次關中戰亂從始至終的情況。中間在歌頌了晉王朝戰將的忠勇的同時，也揭露了無恥

武將虛冒功績，尤其對人民的死亡之慘，及因戰爭而引起的饑疫禍災之重，寫得非常真實具體，試看下舉二章：

哀此黎元，無罪無辜，肝腦塗地，白骨交衢。夫行妻寡，父出子孤，俾我晉民，化爲狄俘。

斯民如何，荼毒於秦，師旅既加，饑饉是因。疫癘淫行，荆棘成榛，絳陽之粟，浮於渭濱。

由於這篇詩是奉皇帝的命令作的，所以就其用意言，前章在於把人民的遭受戰禍歸罪於起義的氐、羌族，後章在於歌頌統治者之關心民瘼。但據《文選》本詩的注引傅暢《晉諸讚》說：「（司馬）倫誅羌大酋數十人，胡遂反。」雖然詩的開始對禍亂的起因有所歪曲，說是「微火不戒，延我寶庫，蠢爾戎狄，狡焉思肆」，但我們仍可根據現存的材料，明白禍亂的實因。那末，這二章詩所描寫的真實慘象，就可客觀地說明司馬倫的罪責之重了。這些如實的藝術的描寫，即有力地具體地補充了史書敘述的不足。

他的《悼亡詩》三首，是在過去爲讀者所讚賞的名作，以前專以「悼亡」爲哀悼亡妻的詩題即由此而起。全詩爲在其亡妻喪服已滿後所追寫。作者對於亡妻的哀念，主要從時節變易的感覺及日常生活事物的接觸中抒發出來，由這一切感觸引起對於死者生平的追念和想象，因而產生不能自已的悲傷。其中如「幃屏無彷彿，翰墨有餘跡，流芳未及歇，遺掛猶在壁」、「展轉眄枕席，長簟竟床空。床空委清塵，虛室來悲風」，都確切地表現出物是人非的悲痛之感。而「悵怳如或存，周遑忡驚惕」、「寢興目存形，遺音猶在耳」，更是極微妙地形容出一個失去共同生活伴侶者的空虛感覺。最後當服期已滿將遵守朝命復職時，感到「衾裳一毀撤，千載不復引」，而「徘徊墟墓間，欲去復不忍」。表現出作者這樣的情緒：由於死者不可復見，衹有希望從與死者有關的事物上盡可能保持着最近的距離。其云：「亹亹歲月周，戚戚彌相慼」、「誰謂帝宮遠，路極悲有餘」，表明作者對亡妻的悲思，並未因時間空間的距離之擴大而沖淡，反而隨之更加深長。作者真摯深厚的伉儷之情，就從這一切具體事物上深刻細緻地體現出來，因此對於讀者具有深永的藝術感染力。

與《悼亡詩》內容相關聯的，還有《哀詩》和《內顧詩》共三首，也體現了作者與其妻的生死離別之情。此外，還有《河陽作》和《在懷縣作》各二首，是作者在那二處作縣令時寫的，雖然也曾表示一點對人民應有的關懷，但其內容和形式一樣，表現得勻勻整整的，使人感到似一種缺乏真氣的官樣文章。其他還有一些贈答應酬的作品，更沒有什麼可以感人的了。

三 左思

左思（生卒年歲不可考，大約生活於三世紀五十年代後至四世紀初），字太沖，齊國臨淄人。他的家庭雖然世代儒學，但社會地位寒微，他的父親左熹從小吏起，官至侍御史。在武帝泰始

(二六五—二七四)年間，他的妹妹左芬被選入宫，他即移家到洛陽，求得一個秘書郎的官職，以便能充分地閱讀書籍。從這時起，他即以十年的時間著成《三都賦》。由於地位低微，他的賦最初未被重視，後來得到當時名位崇高的皇甫謐、張載、劉逵、衛瓘等爲其作序和注解，張華又讚賞其爲班固、張衡之流，於是豪貴之家爭相傳寫，洛陽爲之紙貴。這三篇賦雖是摹仿班固的《兩都賦》和張衡的《兩京賦》而作，而其内容之豐實與辭藻之宏麗，實可追步前人而無愧色，充分表現了作者深厚廣博的學問和才華。但現在看來，他這三篇巨制的價值，却遠不如他寥寥的幾首詩篇。

左思現存的詩祇十四篇，都精美可觀，其中《詠史詩》八首，可推爲這一時期傑出的詩作。在這一組詩中，我們可充分感到作者卓越的情操，及建安時代的慷慨之氣。它們雖是「詠史」，而實質仍是「詠懷」，乃是作者藉古代人事以抒發自己的人生感慨。

「詠史」之作，最早起於班固。班固在其詩中祇是歌詠緹縈上書救父一事，雖然表示了對緹縈的歌頌，但並未聯繫到自己的身世，確是單純地歌詠史事。後來曹操的《短歌行》第二首及《善哉行》的第一首，和曹丕的《煌煌京洛行》，歷舉古代的許多人事，也可當作「詠史」之作，但仍是平實地詠嘆古事。不過曹操的作品中所舉周文王及齊桓、晉文等，可能有隱然自喻之意，而曹丕並相對地舉出相反的人事，雖仍是與己無關，但内容進一步複雜了些。祇有孔融的《雜詩》，於抒發自己的雄傑抱負中，舉出呂尚、管仲以自比較，這樣慷慨地舉古人以自況，即具有了左思《詠史詩》的規模。而左思的《詠史詩》，在運用史材以抒發懷抱上表現得尤爲復雜多姿，氣調亦雄健高遠，故能卓然超越前人。它從内容以至形式所搆成的總的風格，我們可在其後的鮑照和李白的詩篇中看到明顯的影響。

從「志若無東吴」這句看來，這組《詠史詩》當是太康元年(二八〇)以前寫的。從這組詩中，首先我們感到詩人具有不凡的功業理想和高尚的遠棄榮華的情操，這兩者集中表現在其第一首中：

弱冠弄柔翰，卓犖觀羣書。著論准《過秦》，作賦擬《子虛》。邊城苦鳴鏑，羽檄飛京都。雖非甲冑士，疇昔覽穰苴。長嘯激清風，志若無東吴。鉛刀貴一割，夢想騁良圖。左眄澄江湘，右盼定羌胡。功成不受爵，長揖歸田廬。

而第三首則是第一首内容兩個方面的補充和發揮：

吾希段乾木，偃息藩魏君；吾慕魯仲連，談笑却秦軍。當世貴不羈，遭難能解紛。功成不受賞，高節卓不羣。臨組不肯紲，對珪不肯分。連璽耀前庭，比之猶浮雲。

他的這種高尚的遠棄榮華的情操，固然在於顯示他的偉大功業理想的純潔性，但也非常現實地起於他對現實的深刻認識。他一方面認識到「俯仰生榮華，咄嗟復凋枯」(第八首)，人世榮華

是如此的不可恃；另一方面他對王侯高門感到「自非攀龍客，何爲倏來游」，所以才「被褐出閶闔，高步追許由」（第五首）。從後一方面，我們可體會到他對現實的失望情緒。而這樣對現實失望的根本原因，詩人極明確地顯示在其第二首中：

鬱鬱澗底松，離離山上苗，以彼徑寸莖，蔭此百尺條。世胄躡高位，英俊沈下僚，地勢使之然，由來非一朝。金張藉舊業，七葉珥漢貂，馮公豈不偉！白首不見招。

在這首詩中，作者以澗底松和山上苗由於地勢不同而產生的現象，極有説服力地證明「世胄躡高位，英俊沈下僚」的不合理，後面更以歷史上的事實揭示出傳統的封建等級制度的罪惡。這種對於封建等級制度的批判，出之於晉代詩人的筆下，尤具重要而深刻的現實意義。由此反映出曹魏以來所推行的九品中正制度的不合理，及寒門與勢族的對立。這種對立的情況，我們在這一時期的歷史記載上隨處可以見到，而劉毅尖鋭指出的「上品無寒門，下品無勢族」，正是這種情況的總的概括。

基於這種寒門與勢族對立的社會制度原因，作者還在詩中表示了對於豪貴的輕鄙，及寒士的自我崇高估價，這兩者也共同表現在其第四、六兩首中：

濟濟京城內，赫赫王侯居，冠蓋蔭四術，朱輪竟長衢。朝集金張館，暮宿許史廬，南鄰擊鐘磬，北里吹笙竽。寂寂楊子宅，門無卿相輿，寥寥空室中，所講在玄虛。言論准宣尼，辭賦擬相如，悠悠百世後，英名擅八區。

荆軻飲燕市，酒酣氣益振，哀歌和漸離，謂若旁無人。雖無壯士節，與世亦殊倫，高眄邈四海，豪右何足陳。貴者雖自貴，視之若埃塵；賤者雖自賤，重之若千鈞。

在前一首中，從表面看來，似乎祇是客觀地描寫貴族與寒士兩種人的生活情況。而詩人正是從寒士有意義的冷落生活的描繪中，對照地顯示出貴族腐化生活的庸鄙，而在這裏，同時顯出了寒士高尚的理想和情操，這就是詩人對自己的崇高估價及對貴族的冷眼輕蔑。而「荆軻飲燕市」一首，則明顯地以遊俠與豪右相比，直率地提出其評價人物的標準，其揚貧賤而抑豪貴的態度更爲彰明。

主父宦不達，骨肉還相薄；買臣困採樵，伉儷不安宅；陳平無産業，歸來翳負郭；長卿還成都，壁立何寥廓！四賢豈不偉，遺烈光篇籍，當其未遇時，憂在填溝壑。英雄有迍邅，由來自古昔，何世無奇才，遺之在草澤。

上詩是其第七首。作者歷舉漢代許多卓越人物貧賤時的境況，極令人信服地證明草澤中確有奇才，他們身上可以發出無限事業的光輝，這樣充分肯定貧賤之士的價值，仍是爲了抒發其對於勢族壟斷政治的憤怒情緒。這種憤怒情緒之所由激起，我們可以從最後一首得到説明：

> 習習籠中鳥，舉翮觸四隅，落落窮巷士，抱影守空廬。出門無通路，枳棘塞中塗，計策棄不收，塊若枯池魚。外望無寸祿，內顧無斗儲，親戚還相蔑，朋友日夜疏。蘇秦北遊説，李斯西上書，俯仰生榮華，咄嗟復凋枯。飲河期滿腹，貴足不願餘，巢林棲一枝，可爲達士模。

詩人在這裏描繪的貧士形象中，給我們充分刻劃出貧士孤獨困窘的處境，及由此激起的復雜情緒。在這種難於忍受的絶境裏，至欲效蘇秦、李斯走向非凡的人生道路。但一從古代人事的經驗中，總結到俗世榮華之危險空幻，即刻以古代高士的人生觀來自勉。由此，我們也可看出詩人高尚情操所以形成的一種原因，即是對於不合理現實的憤嫉和絶望。

左思在其《詠史詩》中，充分地表現了他的高尚的理想和情操，這些形成了他的詩歌內容的浪漫情調。這種情調，在我國封建社會裏，對於讀者的感情是能起着激勵作用的。而作爲他的這些詩篇內容的最重要的方面，乃是對於現實中不合理現象的批判，這在九品中正制度積弊深重的當時，是有着深刻的現實意義的。因此，就《詠史詩》中所體現的思想感情而言，它是具有很大程度的浪漫性的，而這種浪漫性的思想感情，仍是從其所不滿的現實生活土壤中萌發出來的。這種情況，在這以後的詩人陶淵明、鮑照、陳子昂和李白的詩歌中，都有充分、明顯而强烈的表現，表達出出身寒微的士人對於不合理的社會現實的抗議，也體現出在傳統的社會制度下他們所具有的傳統的正義感。

左思雖然生活在與「潘陸」同時，而他的《詠史詩》確是「拔萃」於流俗的。但劉勰又把他籠統地列在陸、張、潘等的「輕綺」、「採縟」而「力柔於建安」的評斷中（見《文心雕龍·明詩》篇），那是不恰當的。倒是鐘嶸説他「文典以怨，頗爲精切，得諷諭之致」（見《詩品》卷上），評論得非常中肯。所謂「典」、「怨」，即是藉歷史人物的事實，抒發其對於現實的憤慨之情，而這些歷史人物事實，在他的慨嘆抒寫下，那樣易於感人而意義深刻顯著，就使人感到「建安風骨」的再現，同樣達到了「造懷指事，不求纖密之巧；驅辭逐貌，唯取昭晰之能」。這就是所以使人感到精切的。在整個這組詩中，鬱發着一種蒼勁的風格，既感不到陸機的「深蕪」，也見不着潘岳的「輕綺」，而其「諷諭」的精神，則是强烈地流溢於篇章間的。這乃是它們的藝術性的高度的體現。

左思還有《招隱詩》二首，仍是他超脱現實的情調的抒發，如云：「結綬生牽纏，彈冠去埃塵。」其中頗有寫景的好句，如「白雲停陰岡，丹葩耀陽林。石泉漱瓊瑤，纖鱗或浮沉。非必絲與竹，山水有清音」，也顯出了自然景物在詩歌內容中的漸次開展。他的一首《雜詩》，於描寫時節景物的變易後，唱嘆着「高志局四海，塊然守空堂，壯齒不恒居，歲暮常慨慷」，使人感到前面的時節景物，不是泛然摹繪，而是作爲後面感慨的觸發之因的。

他的一首《嬌女詩》，非常細緻具體地描寫出他的兩個小女兒的種種嬌痴天真的活動情態，在題材上也是一個創舉。唐代詩人李商隱的《嬌兒詩》，當是受了左詩的啓發和影響的。

當他的妹妹左芬被選入皇宮後，他曾寫兩首四言體的《悼離贈妹》詩，於傷悼骨肉離別之情的同時，也讚揚了其妹的才德之美，由於感情的真摯，辭藻豐美適當，比同時其他作者的四言，還是較爲可觀的。

四　張協及同時代其他詩人

張協（生卒年歲不可考，生活時代大致與左思相當），字景陽，安平（今河北省安平縣）人，官至河間内史。協與其兄載（字孟陽）齊名於當時，後見時局混亂，先後各自辭官回家，因此皆能幸免於禍難。張載以文章擅長，其《劍閣銘》（《文選》卷五六）在當時頗享盛名。張協則以詩勝，他的《雜詩》十首（《文選》卷二九）在當時是别具藝術風格的。

《雜詩》十首就内容言，乃是隨感的抒寫。詩人在其中所抒寫的人生感觸，多是從自然時節景物的變遷引出。如「秋夜涼風起」一首，雖是寫的思婦感物的懷念，而其中確極微婉地隱藏着詩人内心深處的憂思：

秋夜涼風起，清氣蕩暄濁，蜻蛚吟階下，飛蛾拂明燭。君子從遠役，佳人守惸獨，離居幾何時！鑽燧忽改木。房櫳無行跡，庭草萋以緑，青苔依空墻，蜘蛛網四屋。感物多所懷，沈憂結心曲。

這首詩不應看作單純的思婦之情，其中所寫的時節變易，當是隱約地影射着當時政局的變化的。整首詩以明近疏暢的語言，就眼前尋常景物塗染出一片淒清孤寂的情景和氣氛，藝術風格的純淨和婉頗爲近似《古詩十九首》。《雜詩》中的其他篇章，或則是「閒居玩物華，離羣戀所思」（「金風扇素節」一首），抒寫對於朋友的懷念；或則因「弱條不重結，芳蕤豈再馥」而感到「人生瀛海内，忽如鳥過目」（「大火流坤維」一首），而須及時自勉；更或是「歲暮懷百憂，將從季主卜」（「朝霞迎白日」一首）似有無限難言之隱的。總之，他的感情一般都表現得比較微婉沖淡，如「昔我資章甫」一首，雖是抒發其美才不諧於流俗的感慨，但仍不似左思所表現的氣概那樣高昂激烈。

由於他的感情之微婉沖淡，加上他的語言之樸素明淨，使他的詩形成一種素淡的風格，與同時代的潘、陸的體貌迥然殊異。這種風格，和其以後的陶淵明有一定程度的相似之處。清代何焯曾指出這點説：「胸次之高，言語之妙，景陽與元亮（陶淵明字元亮）之在兩晉，蓋猶長庚啓明之麗天矣。」但張協的詩，就思想感情言，還遠不及淵明所達到的高曠程度；就語言的運用言，也不似淵明那樣平易自然，却表現着很大程度的工巧。這一點也正是當時文學發展的一種趨勢在張

協詩中的反映。他運用語言的工巧，很卓越地表現在對自然景物的描寫上，如「騰雲似湧煙，密雨如散絲」(「金風扇素節」一首)，刻繪出一幅多麼逼真生動的雲雨景象。作者以「湧煙」形容騰起的雲，以「散絲」形容細密的雨，都可見其在運用語言上構思之精巧。又如其「朝霞迎白日」一首，使人恍如親臨秋雨後的一片肅殺景象：

> 朝霞迎白日，丹氣臨湯谷，翳翳結繁雲，森森散雨足。輕風摧勁草，凝霜竦高木，密葉日夜疏，叢林森如束。疇昔嘆時遲，晚節悲年促，歲暮懷百憂，將從季主卜。

《文心雕龍·物色篇》曾說道：「物色雖繁，而析辭尚簡」，「以少總多，情貌無遺。」詩人在對自然景物的描寫上，確具有這種高強的藝術力量。又如其「黑蜧躍重淵」一首中有云：

> ……雲根臨八極，雨足灑四溟，霖瀝過二旬，散漫亞九齡。階下伏泉湧，堂上水衣生，洪潦浩方割，人懷昏墊情。沈液漱陳根，綠葉腐秋莖，裏無曲突煙，路無行輪聲。環堵自頹毀，垣間不隱形，尺燼重尋桂，紅粒貴瑤瓊。……

極盡致地刻劃出淫雨中的大地上各種異常現象，及淫雨的災害造成人們生活的困難，給人以非常沉重的現實感覺。像這樣精工地摹寫物狀，也是唐代偉大的現實主義詩人杜甫所着意追求的，試將杜甫的《秋雨嘆三首》和《九日寄岑參》等篇拿來相對一讀，便可感到它們彼此之間具有一種類似的創作精神。鍾嶸批評張協說：「文體華淨，少病累；又巧構形似之言。」(《詩品》卷上)前者是他接近淵明，而後者又正是他所以不同於淵明的。

與張協同時代的詩人，除了前曾提到的張載外，還有張華和傅玄。在他們的詩歌創作中，可看到一個共同的方面，即從自然節物的變更，觸發出輕淡的人生倏忽孤寂的哀感，也可看作是他們在翻覆紛亂政局中的一種心理反映。而在對自然景物的描寫上，都一致的善於「巧構形似之言」。試看張華的《雜詩》和《情詩》，傅玄的《雜詩》(以上俱見《文選》卷二九)，張載的《七哀詩》第二首(見《文選》卷二三)，和張協的《雜詩》，在風格上都極相類。這一方面由於當時政局翻覆多變，他們深懷着人生憂危之感，這種感慨難於顯言直陳，而在居處閒適之際最易滋生，故常將其隱約地寄寓於自然節物變易的感觸中。另一方面，當時文學創作上的修辭之風，已在建安文學的基礎上有了進一步的發展，所以都一致以精煉的語言，形似地追摹自然景物，以達到具體真實的感人效果。

但他們除了這些雜詩之類的，還各有些具有較高意義的詩篇。如張華的《輕薄篇》《遊俠篇》對於貴族奢侈放縱生活的譏刺，《壯士篇》表現要及時建功立業的壯概；張載的《七哀詩》第一首，對於帝王權勢的否定，都是具有一定「風雲之氣」的作品。而傅玄有不少的樂府詩，其中也反映出一些社會問題，語言亦樸質剛勁，是直接學習漢樂府民歌並繼承其現實主義傳統的。試看其

《豫章行苦相篇》：

苦相身爲女，卑陋難再陳。男兒當門户，墮地自生神，雄心志四海，萬里望風塵。女育無欣愛，不爲家所珍，長大避深室，藏頭羞見人。垂泪適他鄉，忽如雨絶雲，低頭和顔色，素齒結朱唇，跪拜無復數，婢妾如嚴賓。情合同雲漢，葵藿仰陽春；心乖甚水火，百惡集其身。玉顔隨年變，丈夫多好新，昔爲形與影，今爲胡與秦，胡秦時相見，一絶逾參辰。

在我國封建社會裏，一個女子的家庭和社會地位，以及一生的生活遭遇，在一出生時即已注定。詩中所展示的一個女子從出生以至婚後的全部生活命運，確是我國封建社會所有女子人生命運的完整概括，它給我們普遍集中地攝下我國封建社會女子悲酸的人生陰影。

傅玄還有一篇《秦女休行》，也是當時難得的好作品。《秦女休行》原有魏代左延年的一篇，而傅玄所作，較之更爲完美。試比較看它們對於刺殺仇人的描寫：

……秦氏有好女，自名爲女休，休年十四五，爲宗行報仇。左執白楊刃，右據宛魯矛，仇家便東南，仆僵秦女休。……（左延年：《秦女休行》）

龐氏有烈婦，義聲馳雍涼。父母家有重怨，仇人暴且强。雖有男兒弟，志弱不能當，烈女念此痛，丹心爲寸傷。外若無意者，内潛思無方，白日入都市，怨家如平常。匿劍藏白刃，一奮尋身僵，身首爲之異處，伏屍列肆旁，肉與土合成泥，灑血濺飛梁，猛氣上干雲霓，仇黨失守爲披攘。一市稱烈義，觀者收泪並慨慷，百男何當益，不如一女良。……（傅玄：《秦女休行》）

左作祇是説她「爲宗行報仇」，對她報仇的行動寫得很簡單。傅作則先交代她的仇怨之深重及報仇之艱難，然後寫她處心積慮，不讓敵人察覺防備，而一舉成功。所寫殺人場景，令人心震目眩。作者即藉對這一系列情節的敍寫，把一個性格堅强、深沉、機智、勇敢的俠烈女性表現得英氣凛然。其形象性格之豐富生動，遠非左作所能比。即後來李白所作，也祇是就左作加以洗練，使歸於簡淨，在藝術上較完整，總未能如傅作之形象具體、豐富、生動（三篇俱收在《樂府詩集》卷六一）。

以一個女性親手殺人報仇，最後得到官府特赦，這一故事是有歷史依據的。《後漢書·列女傳·龐淯母傳》曾概略地記述龐淯母趙娥，經過長期準備，刺殺了殺父仇人，即詣縣自首，終被赦免的事實。《三國志·魏書·龐淯傳》注引皇甫謐的《列女傳》，對於龐娥親（按：即龐淯母趙娥）立誌報仇的思想活動、準備經過、戰鬥場景及當時社會的反應等情節，敍寫得非常詳明具體。這故事發生在漢靈帝初年的酒泉郡，左延年的《秦女休行》當是據半個世紀在社會上流傳的歌曲加工寫成，所以其中情節與實際情況有所參差，整個風格的樸拙倒很近似漢樂府民歌。傅玄與皇甫謐同時，他的這首作品除了加强女主人公的形象，增添了「男兒弟志弱」這一點外，所有内

容都是就皇甫謐的傳文加以概括提煉的，所以從情節發展以至藝術結構都比左作大爲完美。

此外如王讚的《雜詩》有「朔風動秋草，邊馬有歸心」，及孫楚的《征西官屬送於陟陽候作詩》有「晨風飄歧路，零雨被秋草」，俱爲當時傳誦的名句，眼前景物，信手拈來，自然入妙，表現了高强的藝術概括力，但全首都不相稱。這也可以表明，後來所謂的「爭價一句之奇」的風氣，已在這時萌動了。

五　劉琨與郭璞

（一）劉　琨

劉琨（二七一—三一八），字越石，中山魏昌（在今河北省南部）人。他的父兄在當時都有名望，他少年時即具有豪俊之氣，多與當時貴族交遊，亦爲賈謐門下二十四友之一，後輾轉卷入統治階級內部鬥爭中，以功封廣武侯。光熙元年（三〇六）受命爲并州刺史。這時黃河以北地區大部分爲入居內地的胡、羯族所據，琨沿途與敵人鬥爭，以至晉陽（今山西省太原市）。而并州境內的情況是：「流移四散，十不存二，攜老扶幼，不絕於路，……死亡委厄，白骨橫野。……羣胡數萬，周匝四山，動足遇掠，開目睹寇。」（《上懷帝請糧表》）以至於「寇盜互來掩襲，以城門爲戰場，百姓負楯以耕，屬鞬而耨」（《晉書·劉琨傳》）。他就在這樣艱難處境下，極力安撫人民，以期消滅敵寇。但因在政治和軍事上連犯錯誤，先被劉聰所襲擊，父母俱被害，後又爲石勒所敗，不能再守

下去，乃奔投幽州刺史鮮卑族的段匹磾，與段聯婚盟誓，共擁護晉王朝。後因嫌隙被段匹磾縊死，這位慷慨忠烈的民族志士，就此悲慘地結束了他的生命。

現在我們見到的劉琨各類體裁的文學作品，都是他做并州刺史後與敵人作鬥爭的生活反映。在他的許多箋、表、書、盟文中，我們可充分感到他當時處境的艱危，及志切復仇的忠烈悲憤氣概。而他在這殘酷的鬥爭中，心情上遭受的慘傷，曾於《答盧諶書》（《文選》卷二五）中沉痛地傾吐出來：

……昔在少壯，未嘗檢括，遠慕老莊之齊物，近嘉阮生之放曠，怪厚薄何從而生，哀樂何由而至。自頃輈張，困於逆亂，國破家亡，親友凋殘。負杖行吟，則百憂俱至；塊然獨坐，則哀憤兩集。時復相與舉觴對膝，破涕爲笑，排終身之積慘，求數刻之暫歡，譬由疾疢彌年，而欲一丸銷之，其可得乎！……然後知聃周之爲虛誕，嗣宗之爲妄作也。……

在這裏，我們除了從他聲淚俱下的悲訴中，感到他心情中創痛之深重；還可看到，由於殘酷的現實生活給予他的鍛煉，使他的思想感情不得不由早年的浪漫而歸到當前的現實。由此也可證明，永嘉前後一班統治貴族高談玄理之爲徹底虛僞。他的這篇書信，是爲了致送《答盧諶詩》（《文選》

卷二五詩與書相連)而寫的。在那篇四言體的詩中,也迸發着作者深重的家國之痛,如云:

厄運初遘,陽爻在六,乾象棟傾,坤儀舟復。橫厲糾紛,羣妖競逐,火燎神州,洪流華域。

彼黍離離,彼稷育育,哀我皇晉,痛心在目。

郁穆舊姻,嬿婉新婚,裹糧携弱,匍匐星奔。未輟爾駕,已隳我門,二族偕復,三孽並根,長慚舊孤,永負冤魂。

前首指西晉王朝的傾覆,後首指劉、盧二家族的破滅。詩中並形象地描繪出劇烈的天翻地覆中的現實悲慘景象,極真實地概括地展示出地獄般的中原社會圖景,是這一歷史時期罕見的片段真實寫照。

劉琨的詩歌,除了幾首四言的《答盧諶詩》外,還有兩首五言的《扶風歌》和《重贈盧諶》:

朝發廣莫門,暮宿丹水山,左手彎繁弱,右手揮龍淵。顧瞻戀宮闕,俯仰御飛軒,據鞍長嘆息,淚下如流泉。係馬長松下,發鞍高巖頭,烈烈悲風起,泠泠澗水流。揮手長相謝,哽咽不能言,浮雲爲我結,歸鳥爲我旋。去家日已遠,安知存與亡,慷慨窮林中,抱膝獨摧藏。麋鹿游我前,猿猴戲我側,資糧既乏盡,薇蕨安可食!攬轡命徒侶,吟嘯絶巖中,君子道微矣,夫子故有窮。惟昔李騫期,寄在匈奴庭,忠信反獲罪,漢武不見明。我欲竟此曲,此曲悲且長,

棄置勿重陳,重陳令心傷。(《扶風歌》)

握中有懸璧,本自荆山璆,惟彼太公望,昔在渭濱叟,鄧生何感激,千里來相求,白登幸曲逆,鴻門賴留侯,重耳尊五賢,小白相射鈎,苟能隆二伯,安問黨與仇。中夜撫枕嘆,想與數子遊,吾衰久矣夫,何其不夢周!誰云聖達節,知命故不憂,宣尼悲獲麟,西狩泣孔丘。功業未及建,夕陽忽西流,時哉不我與,去乎若雲浮。朱實隕勁風,繁英落素秋,狹路傾華蓋,駭駟摧雙輈,何意百煉剛,化爲繞指柔。(《重贈盧諶》)

這兩首詩充分體現出這位民族志士在艱危處境中的慷慨悲涼情緒,從這種生活感情形成的詩的風格是沉鬱清壯的。《扶風歌》是他在光熙元年(三〇六)赴任并州刺史的旅途中寫的,其中表現的,乃是對於京城的悲戀,旅途的艱困,及對事業前途的憂慮而互相聯繫着的,我們必須結合當時各種歷史情況來理解。當他「顧瞻戀宮闕」時,不禁「據鞍長嘆息,淚下如流泉」,最後對宮闕「揮手長相謝」,乃至「哽咽不能言」。他對宮闕之所以這樣悲戀,一方面由於他感到時勢的艱危,所以説「去家日已遠,安知存與亡」,而隨後所敍寫路途中的艱困之狀,即具體地反映出當時時勢的艱危。另一方面,由於當時統治階級内部不斷翻覆地互相傾軋屠殺,使他對於作爲政治根本的朝廷,不能不多所顧慮,這點從他最後深慨於李陵之事表示得很明白。因此,他的這首詩所

表達的復雜的感情中，即交織地反映着當時的民族矛盾和統治階級内部的矛盾。

《重贈盧諶》詩所抒寫的，則是他英雄末路的悲惋的情緒。這首詩是他於失去并州後投靠段匹磾時作的。盧諶是他的朋友盧志的兒子，原是他的幕僚，後被段匹磾召去。劉琨當投靠段匹磾時，還抱有與段合作建功的希望，後因嫌隙被段所拘，自知必被殺害，因而産生對自己事業失敗的悲惋。他在這裏對盧諶的傾訴中，先歷舉太公望諸人的事跡，説自己先還希望能有非常之人出而創造奇跡，但終感到這已是不可能的事，而自己已處於日暮途窮之境，在沉重的摧折之餘，再也不能自振了。儘管他的情緒是這樣悲惋失望，可是他所表現的氣概，即令是對於失敗的追述，仍是那麽雄勁有力，不失其英雄本色。詩的結尾説：「何意百煉剛，化爲繞指柔。」仍從無可奈何的哀鳴中，充分表達出他不甘委曲的悲憤情緒。而作爲這首詩的現實生活基礎的，仍是當時相互交織着的民族的矛盾和統治階級内部的矛盾。

鍾嶸曾稱劉琨「仗清剛之氣」（《詩品序》），他的「清剛之氣」乃是從其具有强烈愛國熱情的鬥爭生活中騰發出來的，正如孟子説「浩然之氣」乃「集義所生者」一樣，所以才具有震撼讀者心靈的巨大力量。鍾嶸又説他「善爲凄戾之詞，自有清拔之氣，琨既體良才，又罹厄運，故善敍喪亂，多感恨之詞」，便確切地道出了他的詩歌藝術成就與其實際鬥爭生活的關係。

（二）郭 璞

郭璞（二七六—三二四），字景純，河東（今山西省南部）聞喜人。好經術，博學有高才，精於卜筮之術。永嘉之亂，璞避亂到江南，東晉元帝時爲著作佐郎，明帝時爲王敦的記室參軍。王敦陰謀反叛，使璞卜筮，璞要藉以阻止王敦，即告敦卜得兇卦，起事必無成，本身並且有禍，以此觸敦之怒而被殺。及王敦事平，晉王朝追贈璞爲弘農太守。璞著有《爾雅注》、《三倉注》、《方言注》、《穆天子傳注》、《山海經注》及《子虚賦注》和《上林賦注》，都是在學術上有貢獻的著作。他的文學創作，《江賦》（《文選》卷一二）一篇在當時頗爲人所讚美，而我們認爲值得提出的是《遊仙詩》。

郭璞的《遊仙詩》共有十四首（《文選》卷二一選有七首），這些詩雖題名《遊仙》，而實質上仍是詠懷之作。這種假託神仙以抒寫懷抱的方法，其來源也是久遠的。最早如屈原在《離騷》末端表示將遠逝西海，即爲抒發其在現實生活中的抑鬱之懷。隨後託名屈原的《遠游》，即進而直接明顯地説：「悲時俗之迫厄兮，願輕舉而遠游，……聞赤松之清塵兮，願承風乎遺則。」至於以「遊仙」作爲詩的篇題，據現存的材料，最早始於曹植，其内容仍是託志於神仙以抒發其人生的抑鬱。所以郭璞的《遊仙詩》，乃是沿襲着前人運用這一題材的精神傳統的，不過在五言詩的《遊仙詩》中，他的這十四首最爲宏麗。

據《晉書·郭璞傳》記載，璞到江東，以才學與庾亮、温嶠並爲太子司馬紹所重視，後來温、庾二人並居高位，而璞仍沉於下僚，乃感於自己才高位卑，而著《客傲》一篇，以排遣其不平之情。他的《遊仙詩》也是基於他的這種人生實感而抒寫的。它們的内容，大概包含隱遁和神仙兩個方面，而其步驟則是從隱居修煉以企求登仙。過去許多批評者或因他篇中雜有許多隱遁之事，即認爲失去列仙之趣；或是認爲他實是歌詠隱遁，這都是一偏之見。如其第一、二首（「京華遊俠窟」、「青溪千餘仞」）所寫的確是隱士的山林情趣，第一首中説：「靈溪可潛盤，安事登雲梯！」還表明其志在隱居而不在乎神仙，而第二首最後説：「靈妃顧我笑，粲然啓玉齒，蹇修時不存，要之將誰使？」即有對於神仙的企慕之意。第三首「翡翠戲蘭苕」則兼寫隱居與神仙之事，即由隱居而與神仙接觸。以下各首所寫，或因人生年命短促而想騰駕爲仙，或企求由修煉而登仙，或爲想象的神仙情態，總之整個的感情趨向乃是對於神仙的向往，而其步驟則是希望從隱遁，修煉以達到神仙。我們必須聯繫所有各首來看，才能明白作者的整個思想感情體系，而不致固執於某一片面。至於作者這種思想感情之所以産生，他在詩的第五首「逸翮思拂霄」給了我們重要的啓示：

逸翮思拂霄，迅足羨遠游，清源無增瀾，安得運吞舟！珪璋雖特達，明月難暗投，潛穎怨青陽，陵苕哀素秋，悲來惻丹心，零淚緣纓流。

在詩的首四句，作者即明白表達出企求發揮才力而又限於勢位的感慨，而接着説：「珪璋雖特達，明月難暗投。」更自惋惜美才之難容於俗世，所以最後不禁沉痛地説：「悲來惻丹心，零淚緣纓流。」在整個是抒寫隱遁和遊仙的情趣中，忽然表露其懷才不遇之感，這就明白顯示了作者所以力圖超脱現實的原因。因此，我們如果聯繫作者的生平來理解，可以了然於作者之託誌於神仙，仍在抒發其與左思相同的「英俊沈下僚」之憤，故其實質仍是「坎壈詠懷」之作。

郭璞生活在晉朝政權南渡之際，這時玄談之風已侵染到詩壇，當時詩篇，都「理過其辭，淡乎寡味」。郭璞的「遊仙」之作，雖表面上仍未免脱當時玄風的影響，所歌詠的是仙道之事，但其所寓藏的個人坎壈不平的情緒，却可令人親切地感觸到。而其辭採之清美，亦有助於其各種情調的渲染。所以郭璞的詩風，在當時寂寞的詩壇上，確是令人覺得卓越可貴的。鍾嶸曾説他「文體相輝，彪炳可玩，始變永嘉平淡之體，故稱中興第一」。劉勰亦於《明詩》篇敍述了東晉詩風的頽墮後説：「所以景純仙篇，挺拔而爲俊矣。」都是從其詩風之能超越當時流俗來肯定的。但在當時「彼衆我寡」的情勢下，郭璞的詩風，並未産生什麽影響，不過以其閃爍的光輝，劃破當時詩壇的黑暗沉寂而已。

據《晉書·郭璞傳》記載，璞到江東，以才學與庾亮、溫嶠並為太子司馬紹所重視，後來溫、庾二人並居高位，而璞仍沉於下僚，乃感於自己才高位卑，而著《客傲》一篇，以排遣其不平之情。他的《遊仙詩》也是基於他的這種人生實感而抒寫的。它們的內容，大概包含隱遁和神仙兩個方面，而其步驟則是從隱居修煉以企求登仙。過去許多批評者或因他篇中雜有許多隱遁之事，即認為失去列仙之趣；或是認為他實是歌詠隱遁，這都是一偏之見。如其第一、二首（「京華遊俠窟」、「青溪千餘仞」）所寫的雖是隱士的山林情趣，第一首中說：「靈溪可潛盤，安事登雲梯！」還表明其志在隱居而不在乎神仙，而第二首最後說：「靈妃顧我笑，粲然啟玉齒，蹇修時不存，要之將誰使？」即有對於神仙的企慕之意。第三首「翡翠戲蘭苕」則兼寫隱居與神仙之事，即由隱居而與神仙接觸。以下各首所寫，或因人生年命短促而想騰驚為仙，或企求由修煉而登仙，或為想像的神仙情態，總之整個的感情趨向乃是對於神仙的向往，而其步驟則是希望從隱遁、修煉以達到神仙。我們必須聯繫所有各首來看，才能明白作者的整個思想感情體系，而不致固執於某一片面。至於作者這種思想感情之所以產生，他在詩的第五首「逸翮思拂霄」給了我們重要的啟示：

逸翮思拂霄，迅足羨遠游。清源無增瀾，安得運吞舟！珪璋雖特達，明月難暗投。潛穎怨青陽，陵苕哀素秋。悲來惻丹心，零淚緣纓流。

在詩的首四句，作者即明白表達出企求發揮才力而又限於勢位的感慨，而接着說：「珪璋雖特達，明月難暗投。」更自惋惜美才之難容於俗世，所以最後不禁沉痛地說：「悲來惻丹心，零淚緣纓流。」在整個是抒寫隱遁和遊仙的情趣中，忽然表露其懷才不遇之感，這就明白顯示了作者所以力圖超脫現實的原因。因此，我們如果聯繫作者的生平來理解，可以了然於作者之託諸於神仙仍在抒發其與左思相同的「英俊沉下僚」之憤，故其實質仍是「坎壈詠懷」之作。

郭璞生活在晉朝政權南渡之際，這時玄談之風已侵染到詩壇，當時詩篇，都「理過其辭，淡乎寡味」。郭璞的「遊仙」之作，雖表面上仍未免脫當時玄風的影響，所歌詠的是仙道之事，但其所寓藏的個人坎壈不平的情緒，卻可令人親切地感觸到。而其辭采之清美，亦有助於其各種情調的渲染。所以郭璞的詩風，在當時寂寞的詩壇上，確是令人覺得卓越可貴的。鍾嶸曾說他「文體相輝，彪炳可玩，始變永嘉平淡之體，故稱中興第一」。劉勰亦於《明詩》篇敘述了東晉詩風的頹靡後說：「所以景純仙篇，挺拔而為俊矣。」都是從其詩風之能超越當時流俗來肯定的。但在當時「彼衆我寡」的情勢下，郭璞的詩風，並未產生什麼影響，不過以其閃爍的光輝，劃破當時詩壇的黑暗沉寂而已。